Luigi Pirandello

Ciascuno a suo modo

Texte et illustration de couverture : © domaine public
Edition : Culturea (Hérault, 34)
Contact : infos@culturea.fr
Retrouvez notre catalogue sur http://culturea.fr
Imprimé en Allemagne par Books on Demand
Design typographique : Derek Murphy
Layout : Reedsy (https://reedsy.com/)

Dépôt légal : janvier 2023
Tous droits réservés pour tous pays

ISBN : 9791041845101

PREMESSA

La rappresentazione di questa commedia dovrebbe cominciare sulla strada o, più propriamente, sullo spiazzo davanti al teatro, con l'annunzio (gridato da due o tre strilloni) e la vendita d'un «Giornale della Sera» appositamente composto su un foglio volante, di modo che possa figurare come un'edizione straordinaria, sul quale a grossi caratteri e bene in vista, nel mezzo, fosse inserita questa indiscrezione in esemplare stile giornalistico:

IL SUICIDIO DELLO SCULTORE LA VELA E LO SPETTACOLO DI QUESTA SERA AL TEATRO….. (Il nome del Teatro)

Nel mondo del teatro s'è diffusa improvvisamente la notizia destinata a suscitare uno scandalo enorme. Pare che Pirandello abbia tratto l'argomento della sua nuova commedia Ciascuno a suo modo, che sarà rappresentata questa sera al Teatro….., dal suicidio drammaticissimo, avvenuto or qualche mese a Torino, del giovine compianto scultore Giacomo La Vela. Si ricorderà che il La Vela, sorpresa nel suo studio, in via Montevideo, la nota attrice, sua fidanzata, A. M. in intimi rapporti col barone N., invece d'avventarsi contro i due colpevoli, ritorse l'arma contro se stesso e s'uccise.

Sembra che il barone N. dovesse anche sposare una sorella del La Vela. L'impressione prodotta dal tragico avvenimento dura tuttora vivissima, non solo per la fama a cui era salito ancora così giovane il La Vela, ma anche per la posizione sociale e la notorietà degli altri due personaggi della tragedia. È molto probabile che se n'abbia qualche sgradevole ripercussione in teatro questa sera.

Non basta. Gli spettatori che entreranno nel teatro per comperare i biglietti, vedranno nei pressi del botteghino l'attrice di cui il giornale ha dato le iniziali A. M., cioè Amelia Moreno là in persona, fra tre signori in smoking che invano cercheranno di persuaderla a rinunziare al proposito d'entrare nel teatro ad assistere allo spettacolo; vorrebbero portarla via; la pregano d'esser buona e togliersi almeno dalla vista di tanti che potrebbero riconoscerla: il suo posto non è là; per carità, si lasci condurre via; vuol fare uno scandalo? Ma lei, pallida, convulsa, fa sehno di no, di no; vuol restare, vedere la commedia, fin dov'è arrivata la tracotanza dello scrittore; si porta ai denti il fazzolettino e lo lacera; si fa notare e, appena se n'accorge, vorrebbe nascondersi o inveire; ripete continuamente ai suoi amici che vuole un palco in terza fila; si terrà indietro per non farsi vedere; vadano, vadano a comprare il biglietto; promette che non darà scandalo; che andrà via, se non potrà piú reggere; un palco di terza fila; insomma, vogliono che vada lei a comprarlo?

Questa scena a soggetto, ma proprio come vera, dovrebbe cominciare qualche minuto prima dell'ora fissata per l'inizio dello spettacolo e durare, tra la sorpresa, la curiosità e fors'anche una certa apprensione degli spettatori veri che si dispongono a entrare, fino allo squillo dei campanelli nell'interno del teatro.

Intanto, contemporaneamente, gli spettatori già entrati, o che a mano a mano entreranno, troveranno nel ridotto del teatro, o nel corridoio davanti la ala, un'altra sorpresa, un altro motivo di curiosità e fors'anche d'apprensione in un'altra scena che farà colà il barone Nuti coi suoi amici.

«State tranquilli, state tranquilli: sono calmo, vedete? calmissimo. E v'assicuro che sarò più calmo, se voi ve n'andate. Attirate voi, con lo starmi così attorno, lo sguardo di tutti! Lasciatemi solo, e nessuno baderà piú a me. Sono infine uno spettatore come gli altri. Che volete che faccia in teatro? So che lei verrà, se non è già venuta; la voglio rivedere, rivedere soltanto; ma sí, ma sí, da lontano; non voglio altro, rassicuratevi! Insomma, volete andarvene? Non mi fate dare spettacolo qua alla gente che viene a divertirsi alle mie spalle! Voglio restar solo, come debbo dirvelo? Calmo, sí, calmo: piú calmo di cosí?»

E andrà avanti e indietro, col viso stravolto e il corpo tutt'un fremito, finché tutti gli spettatori non saranno entrati nella sala.

Tutto questo servirà a spiegare al pubblico perché sui manifesti di questa sera la Direzione del teatro ha stimato prudente fare apporre il seguente:

Nota bene. Non è possibile precisare il numero degli atti di questa commedia, se saranno due o tre, per i probabili incidenti che forse ne impediranno l'intera rappresentazione.

PERSONAGGI

Fissati nella commedia sul palcoscenico:

DELIA MORELLO - MICHELE ROCCA - *La vecchia signora* DONNA LIVIA PALEGARI *e i suoi invitati, le sue amiche e i vecchi amici di casa* - DORO PALEGARI, *suo figlio, e* DIEGO CINCI, *suo giovane amico - Il vecchio cameriere di casa Palegari,* FILIPPO - FRANCESCO SAVIO, *il contradditore, e il suo amico* PRESTINO, *altri amici, il* MAESTRO DI SCHERMA *e un cameriere.*

*

Momentanei nel ridotto del teatro:

LA MORENO (che tutti sanno chi è) - IL BARONE NUTI - IL CAPOCOMICO - ATTORI E ATTRICI - IL DIRETTORE DEL TEATRO - L'AMMINISTRATORE DELLA COMPAGNIA - USCERI DEL TEATRO - CARABINIERI - CINQUE CRITICI DRAMMATICI - UN VECCHIO AUTORE FALLITO - UN GIOVANE AUTORE - UN LETTERATO CHE SDEGNA DI SCRIVERE - LO SPETTATORE PACIFICO - LO SPETTATORE IRRITATO - QUALCUNO FAVOREVOLE - MOLTI CONTRARII - LO SPETTATORE MONDANO - ALTRI SPETTATORI, SIGNORI E SIGNORE.

ATTO PRIMO

Siamo nell'antico palazzo della nobile signora Donna Livia Palegari, nell'ora del ricevimento, che sta per finire. Si vedrà in fondo, attraverso tre arcate e due colonne, un ricchissimo salone molto illuminato e con molti invitati, signori e signore. Sul davanti, meno illuminato, vedremo un salotto, piuttosto cupo, tutto damascato, adorno di pregiatissime tele, la maggior parte di soggetto sacro; cosicché ci sembrerà di trovarci nella cappella d'una chiesa, di cui quel salone in fondo, oltre le colonne, sia la navata: cappella sacra d'una chiesa profana. Questo salotto avrà appena una panca e qualche scranna per comodità di chi voglia ammirar le tele alle pareti. Nessun uscio. Ci verranno dal salone alcuni degli invitati, a due, a tre alla volta, per farsi, appartati, qualche confidenza; e, al levarsi della tela, ci troveremo un Vecchio Amico di casa e un Giovine sottile, che discorreranno tra loro.

IL GIOVINE SOTTILE *(con un capino straziato, d'uccello pelato)*.   Ma che ne pensa lei?

IL VECCHIO *(bello, autorevole, ma anche un po' malizioso, sospirando)*.   Che ne penso!

Pausa.

Non saprei.

Pausa.

Che cosa ne dicono gli altri?

IL GIOVINE SOTTILE.   Mah! Chi una cosa e chi un'altra.

IL VECCHIO.   S'intende! Ciascuno ha le sue opinioni.

IL GIOVINE SOTTILE.   Ma nessuno, per dir la verità, par che ci s'attenga sicuro, se tutti come lei, prima di manifestarle, vogliono sapere che cosa ne dicono gli altri.

IL VECCHIO.   Io alle mie mi attengo sicurissimo; ma certo la prudenza, non volendo parlare a caso, mi consiglia di conoscere se gli altri sanno qualche cosa che io non so e che potrebbe in parte modificare la mia opinione.

IL GIOVINE SOTTILE.   Ma per quello che ne sa?

IL VECCHIO.   Caro amico, non si sa mai tutto!

IL GIOVINE SOTTILE.   E allora, le opinioni?

IL VECCHIO.   Oh Dio mio, mi tengo la mia ma – ecco – fino a prova contraria!

IL GIOVINE SOTTILE.   No, mi scusi; con l'ammettere che non si sa mai tutto, lei già presuppone che ci siano codeste prove contrarie.

IL VECCHIO *(lo guarderà un po', riflettendo, sorriderà e domanderà)*:   E con questo lei vorrebbe concludere che non ho nessuna opinione?

IL GIOVINE SOTTILE. Perché a stare a quello che dice, nessuno potrebbe mai averne!

IL VECCHIO.   E non le sembra già questa un'opinione?

IL GIOVINE SOTTILE.   Sí, ma negativa!

IL VECCHIO.   Meglio che niente, eh! meglio che niente, amico mio!

Lo prenderà sotto il braccio e s'avvierà con lui per rientrare nel salone in fondo.
Pausa. Nel salone si vedranno alcune signorine offrire il tè e le paste agli invitati. Entreranno
guardinghe due Giovani Signore.

LA PRIMA (*con foga ansiosa*). Mi ridai la vita! Mi ridai la vita! Dimmi! dimmi!

L'ALTRA.   Ma non è niente più che una mia impressione, bada!

LA PRIMA.   Se l'hai avuta, è segno che qualcosa di vero dev'esserci! – Era pallido? Sorrideva triste?

L'ALTRA.   Mi parve cosí.

LA PRIMA.   Non dovevo lasciarlo partire. Ah, il cuore me lo diceva! Gli tenni la mano fino alla porta. Era già lontano d'un passo fuori della porta e ancora gli tenevo la mano. Ci eravamo baciati, lasciati, ed esse no, le nostre mani non si volevano staccare. Rientrando, caddi, come rotta dal pianto. – Ma dimmi un po', dimmi: nessuna allusione?

L'ALTRA.   Allusione a che?

LA PRIMA.   No, dico, se – cosí, parlando in generale – come tante volte si fa…

L'ALTRA.   No, non parlava: stava ad ascoltare ciò che si dicevano gli altri.

LA PRIMA.   Eh, perché lui lo sa! Lo sa quanto male ci facciamo per questo maledetto bisogno di parlare. Finché dentro di noi c'è un'incertezza, si dovrebbe stare con le labbra cucite. Si parla; non sappiamo neanche noi quello che diciamo... Ma era triste? Sorrideva triste? Non ricordi che cosa dicessero gli altri?

L'ALTRA.   Ah, non ricordo. Non vorrei, cara, che ti facessi qualche illusione. Sai com'è? Ci s'inganna. Era forse indifferente e mi parve che sorridesse triste. Aspetta, sí: quando uno disse –

LA PRIMA.   – che disse? –

L'ALTRA.   – una frase: aspetta… «Le donne, come i sogni, non sono mai come tu le vorresti».

LA PRIMA.   Non la disse lui, questa frase?

L'ALTRA.   No, no.

LA PRIMA.   Ah Dio mio! – Intanto, non so se sbaglio o non sbaglio. Io che mi sono vantata d'aver fatto in ogni occasione a mio modo! – Sono buona, ma posso diventar cattiva; e allora guaj a lui!

L'ALTRA.   Vorrei, cara, che tu non rinunciassi a essere come sci.

LA PRIMA.   E come sono? Non lo so piú! Ti giuro che non lo so piú! Tutto mobile, labile, senza peso. Mi volto di qua, di là, rido; m'apparto in un angolo per piangere. Che smania! Che angoscia! E continuamente mi nascondo la faccia, davanti a me stessa, tanto mi vergogno a vedermi cambiare!

Sopravvengono a questo punto altri invitati: due giovanotti annojati, molto eleganti,
e Diego Cinci.

IL PRIMO.   Disturbiamo?

L'ALTRA.   No no: tutt'altro. Venite avanti.

IL SECONDO.   Questa è la cappella delle confessioni.

DIEGO. Già. Donna Livia dovrebbe tenere qua a disposizione dei suoi invitati un prete e un confessionale.

IL PRIMO.   Ma che confessionale! La coscienza! La coscienza!

7

DIEGO. Sí, bravo! E che te ne fai?

IL PRIMO.   Come? Della coscienza?

IL SECONDO (*con solennità*). «Mea mihi conscientia pluris est quam hominum sermo».

L'ALTRA.   Come come? Lei parla in latino?

IL SECONDO.   Cicerone, signora. Me ne ricordo ancora dal liceo.

LA PRIMA.   E che significa?

IL SECONDO (*c. s.*).   «Fo piú conto della testimonianza della mia coscienza, che dei discorsi di tutto il mondo».

IL PRIMO.   Modestamente ognuno di noi dice: «Ho la mia coscienza e mi basta».

DIEGO. Se fossimo soli.

IL SECONDO (*stordito*).   Che vuol dire, se fossimo soli?

DIEGO. Che ci basterebbe. Ma allora non ci sarebbe più neanche la coscienza. Purtroppo, cari miei, ci sono io e ci siete voi. Purtroppo!

LA PRIMA.   Dice purtroppo?

L'ALTRA.   Non è gentile!

DIEGO. Ma perché dobbiamo fare i conti con gli altri, sempre, signore mie!

IL SECONDO.   Ma nient'affatto! Quando ho la mia coscienza!

DIEGO. E non vuoi capire che la tua coscienza significa appunto «gli altri dentro di te»?

IL PRIMO.   I soliti paradossi!

DIEGO. Ma che paradossi!

Al Secondo:

Che vuol dire, scusa, che «hai la tua coscienza e ti basta»? Che gli altri possono pensare di te e giudicarti come piace a loro, anche ingiustamente; che tu sei intanto sicuro e confortato di non aver fatto male. Non è così?

IL SECONDO.   Mi pare!

DIEGO. Bravo! E chi te la dà, se non sono gli altri, codesta sicurezza? Codesto conforto chi te lo dà?

IL SECONDO.   Io stesso! La mia coscienza appunto! Oh bella!

DIEGO. Perché credi che gli altri, al tuo posto, se fosse loro capitato un caso come il tuo, avrebbero agito come te! Ecco perché, caro mio! E anche perché, fuori dei casi concreti e particolari della vita... sí, ci sono certi principii astratti e generali, su cui possiamo essere tutti d'accordo (costa poco!). Intanto, guarda: se tu ti chiudi sdegnosamente in te stesso e sostieni che «hai la tua coscienza e ti basta», è perché sai che tutti ti condannano e non t'approvano o anche ridono di te; altrimenti non lo diresti. Il fatto è che i principii restano astratti; nessuno riesce a vederli come te nel caso che ti è capitato, né a veder se stesso nell'azione che hai commessa. E allora a che ti basta la tua coscienza, me lo dici? A sentirti solo? No, perdio. La solitudine ti spaventa. E che fai allora? T'immagini tante teste, tutte come la tua: tante teste che sono anzi la tua stessa; le quali, a un dato caso, tirate per un filo, ti dicono sí e no, e no e sí, come vuoi tu. E questo ti conforta e ti fa sicuro. Va' là, va' là che è un giuoco magnifico, codesto della tua coscienza che ti basta!

LA PRIMA.   È già tardi, oh. Bisogna andare.

L'ALTRA.   Sí sí. Se ne vanno via tutti.

A Diego, fingendosi scandalizzata:

Ma che discorsi!

IL PRIMO.   Andiamo, andiamo via anche noi.

Ritorneranno nel salone per salutare la padrona di casa e andar via. Nel salone, ormai, saranno rimasti pochi invitati che già si licenziano da Donna Livia, la quale alla fine si farà avanti, molto turbata, trattenendo Diego Cinci. Lo seguiranno il Vecchio amico di casa che abbiamo veduto in principio e
un Secondo vecchio amico.

DONNA LIVIA (*a Diego*).   No no, caro, non ve ne andate. Siete l'amico più intimo di mio figlio. Sono tutta sossopra. Ditemi, ditemi se è vero ciò che mi hanno riferito questi miei vecchi amici.

PRIMO VECCHIO AMICO.   Ma sono solo supposizioni, Donna Livia, badiamo!

DIEGO. Su Doro? Che gli è accaduto?

DONNA LIVIA (*sorpresa*).   Come? Non sapete niente?

DIEGO. No. Nulla di grave, suppongo. Lo saprei.

SECONDO VECCHIO AMICO (*socchiudendo gli occhi quasi per attenuare la gravità di quello che dice*). Lo scandalo di jersera –

DONNA LIVIA. – in casa Avanzi! La difesa di... di quella... come si chiama? – di quella donnaccia!

DIEGO. Scandalo? Che donnaccia?

PRIMO VECCHIO AMICO (*c.s.*). Mah! La Morello.

DIEGO. Ah. È per Delia Morello?

DONNA LIVIA. Voi dunque la conoscete?

DIEGO. E chi non la conosce, signora mia?

DONNA LIVIA. Anche Doro? Dunque è vero! La conosce!

DIEGO. Oh Dio, la conoscerà. Ma che scandalo?

DONNA LIVIA (*al Primo Vecchio Amico*).   E voi che dicevate di no! —

DIEGO. — come la conoscono tutti, signora. Ma che è accaduto?

PRIMO VECCHIO AMICO.   Ecco. Io ho detto: «senza che forse abbia mai parlato con lei!».

SECONDO VECCHIO AMICO.   Già! Per fama.

DONNA LIVIA. E ne prendeva le difese? Fin quasi a venire alle mani —

DIEGO — con chi? —

SECONDO VECCHIO AMICO.   — con Francesco Savio. —

DONNA LIVIA. — è incredibile! Arrivare fino a questo punto! In una casa per bene! Per una donna come quella!

DIEGO. Ma forse, discutendo —

PRIMO VECCHIO AMICO.   — ecco, nel calore della discussione —

DONNA LIVIA. Per carità, non cercate d'ingannarmi!

A Diego:

Dite, ditemi voi, caro! Voi sapete tutto di Doro —

DIEGO. — ma stia tranquilla, signora —

DONNA LIVIA — no! Il vostro obbligo, se siete amico vero di mio figlio, è dirmi francamente quello che sapete!

DIEGO. Ma se non so nulla! E vedrà che non sarà nulla! Vuol far caso di parole?

PRIMO VECCHIO AMICO.   No, questo no —

SECONDO VECCHIO AMICO.   — che abbia fatto un gran senso a tutti, non si può negare —

DIEGO. — ma che cosa, in nome di Dio? —

DONNA LIVIA. — questa difesa scandalosa! Vi par poco?

DIEGO. Ma lo sa lei, signora mia, che da una ventina di giorni non si fa altro che discutere di Delia Morello? Se ne dicono di cotte e di crude, in tutti i ritrovi, salotti, caffè, redazioni di giornali. Ne avrà letto anche lei qualche cosa suoi giornali.

DONNA LIVIA. Sí. Che un uomo s'è ucciso per lei!

PRIMO VECCHIO AMICO.   — un giovane pittore: il Salvi —

DIEGO. — Giorgio Salvi, sí —

SECONDO VECCHIO AMICO.   — che pare facesse sperare tanto di sé —

DIEGO. — e pare che non sia neanche il primo.

DONNA LIVIA. Come? Anche qualche altro?

PRIMO VECCHIO AMICO.   — sí, era stampato in un giornale —

SECONDO VECCHIO AMICO.   — che già un altro s'era ucciso per lei? —

DIEGO. — un Russo, qualche anno fa, a Capri.

DONNA LIVIA (*dando in ismanie e nascondendosi la faccia tra le mani*).   Dio mio! Dio mio!

DIEGO. Non tema, per carità, che Doro debba essere il terzo! Creda, signora, che se si deve compiangere da tutti la fine sciagurata d'un artista come Giorgio Salvi; poi — a conoscere bene i fatti come si sono svolti — si può, si può anche tentare la difesa di quella donna.

DONNA LIVIA. Anche voi?

DIEGO. Anch'io, sí... perché no?

SECONDO VECCHIO AMICO.   Sfidando l'indignazione di tutti?

DIEGO. Sissignori! Vi dico che si può difendere!

DONNA LIVIA. Il mio Doro! Dio mio, sempre cosí serio!

PRIMO VECCHIO AMICO.   Riserbato.

SECONDO VECCHIO AMICO.   Contegnoso.

DIEGO. Può darsi che, contradetto, abbia un po' ecceduto, si sia lasciato andare.

DONNA LIVIA. No no, non me la date a intendere! non me la date a intendere! È un'attrice, codesta Delia Morello?

DIEGO. Una pazza, signora.

PRIMO VECCHIO AMICO.   Ha fatto però l'attrice drammatica.

10

DIEGO. S'è fatta cacciare per le sue stravaganze da tutte le compagnie; tanto che non trova piú da scritturarsi. «Delia Morello» sarà un soprannome. Chi sa come si chiama, chi è, di dove viene!

DONNA LIVIA. È bella?

DIEGO. Bellissima.

DONNA LIVIA. Tutte cosí, queste maledette! Doro l'avrà conosciuta a teatro?

DIEGO. Credo. Ma avrà parlato con lei poche volte nel camerino, se pure. E in fondo non è così terribile come tutti si figurano, signora; stia tranquilla.

DONNA LIVIA. Con due uomini che si sono uccisi per lei?

DIEGO. Io non mi sarei ucciso.

DONNA LIVIA. Avrà fatto perdere la testa a tutti e due!

DIEGO. Io non l'avrei perduta.

DONNA LIVIA. Ma io non temo per voi! Temo per Doro!

DIEGO. Non tema, signora. E creda che se male ha fatto agli altri quella disgraziata, il piú gran male l'ha fatto sempre a se stessa. È di quelle donne fatte a caso, sempre fuori di sé, fuggiasche, che non sapranno mai dove andranno a parare. Eppure, tante volte, sembra una povera bambina impaurita che cerchi ajuto.

DONNA LIVIA (*impressionatissima, afferrandolo per le braccia*). Diego, queste cose ve l'ha dette Doro!

DIEGO. No, signora!

DONNA LIVIA (*incalzando*). Siate sincero, Diego! Doro è innamorato di questa donna!

DIEGO. Ma se le dico di no!

DONNA LIVIA (*c. s.*). Sí, sí; ne è innamorato! Le parole che avete detto sono quelle d'un innamorato!

DIEGO. Ma le ho dette io, non Doro!

DONNA LIVIA. Non è vero! Ve le ha dette Doro! Nessuno me lo leva dalla testa!

DIEGO (*stretto così da lei*). Oh Dio mio...

Con estro improvviso: voce chiara, lieve, invitante:

Signora, e lei non pensa... che so, a un calessino per una strada di campagna — aperta campagna — in una bella giornata di sole?

DONNA LIVIA (*restando*). A un calessino? e come c'entra?...

DIEGO (*con ira, commosso sul serio*). Signora, sa come mi sono trovato io, vegliando di notte mia madre che moriva? Con un insetto sotto gli occhi, dalle ali piatte, a sei piedi, caduto in un bicchier d'acqua sul tavolino. E non m'accorsi del trapasso di mia madre, tanto ero assorto ad ammirare la fiducia che quell'insetto serbava nell'agilità dei suoi due ultimi piedi piú lunghi, atti a springare. Nuotava disperatamente, ostinato a credere che quei due piedi fossero capaci di springare anche sul liquido e che intanto qualcosina attaccata all'estremità di essi li impacciasse nel salto. Riuscendo vano ogni sforzo, se li nettava vivacemente con quelli davanti e ritentava il salto. Stetti più di mezz'ora a osservarlo. Vidi morir lui e non vidi morire mia madre. Ha capito? — Mi lasci stare!

DONNA LIVIA (*confusa, stordita, dopo aver guardato gli altri due, anch'essi confusi, storditi*). Io vi chiedo scusa — ma non vedo che relazione...

DIEGO. Le sembra assurdo? Lei domani riderà — gliel'assicuro io — di tutta codesta vana costernazione per suo figlio, ripensando a questo calessino che ora le ho fatto passar davanti per frastornarla. Consideri che io non posso ridere ugualmente, pensando a quell'insetto che mi cadde sotto gli occhi mentre vegliavo mia madre che moriva.

Pausa. Donna Livia e i due vecchi amici, dopo questa brusca diversione, torneranno a guardarsi tra loro, piú che mai imbalorditi, non riuscendo, per quanta buona volontà ci mettano, a far entrare quel calessino e quell'insetto nell'argomento del loro discorso. D'altra parte Diego Cinci è veramente commosso dal ricordo della morte della madre; per cui Doro Palegari, che entrerà in questo momento, lo troverà del tutto cambiato d'umore.

DORO (*sorpreso, dopo aver guardato in giro tutti e quattro*).   Che cos'è?

DONNA LIVIA (*riavendosi*).   Ah! Eccoti qua! Doro, Doro, figlio mio, che hai fatto? Questi amici mi hanno detto...

DORO (*scattando, irritatissimo*).   ...dello scandalo, è vero?... che sono cotto, fradicio, pazzo di Delia Morello, eh? Tutti gli amici che m'incontrano per via, mi fanno l'occhietto: — «Eh, Delia Morello?» — Ma perdio, dove siamo? in che mondo viviamo?

DONNA LIVIA. Ma se tu —

DORO. — io, che cosa? È incredibile, parola d'onore! È già, subito, diventato uno scandalo!

DONNA LIVIA. Hai difeso —

DORO. — non ho difeso nessuno! —

DONNA LIVIA. — in casa Avanzi, jersera —

DORO. — in casa Avanzi jersera ho sentito esprimere da Francesco Savio un'opinione che non m'è sembrata giusta sulla fine tragica del Salvi di cui tutti parlano; e l'ho combattuta. — Questo è tutto!

DONNA LIVIA. Ma hai detto cose —

DORO. — avrò anche detto un cumulo di sciocchezze! Quello che ho detto, non lo so! Una parola tira l'altra! — Ma può ciascuno pensare a suo modo, sí o no? sui fatti che accadono. Si può, mi pare, interpretare un fatto in una maniera o in un'altra, come ci sembra; oggi cosí e domani magari diversamente? — Io sono prontissimo, se domani vedo Francesco Savio, a riconoscere che aveva ragione lui, e torto io.

PRIMO VECCHIO AMICO.   Ah, benissimo, allora!

DONNA LIVIA. Fallo, sí, fallo, Doro mio! —

SECONDO VECCHIO AMICO.   — per tagliar corto a tutte queste chiacchiere!

DORO. Ma non per questo! Me ne infischio, io, delle chiacchiere. — Per vincere in me   stesso l'irritazione che provo —

PRIMO VECCHIO AMICO.   — è giusto! sí sí , è giusto! -

SECONDO VECCHIO AMICO.   — a vedersi così frainteso!

DORO. Ma no! Per le esagerazioni a cui mi sono lasciato andare vedendo bestialmente incornato su certe false argomentazioni Francesco Savio, il quale poi —sí— aveva ragione lui, sostanzialmente. Ora, a mente fredda, sono pronto — ripeto — a riconoscerlo. E lo farò, lo farò davanti a tutti, perché si finisca di gonfiare questa famosa discussione! Non ne posso piú!

DONNA LIVIA. Bene, bene, Doro mio! E sono contenta che tu riconosca fin d'ora, qua davanti al tuo amico, che non si può difendere una donna come quella!

DORO. Perché anche lui diceva che si può difendere?

PRIMO VECCHIO AMICO.   Già — lo diceva; ma... così; lo diceva —

SECONDO VECCHIO AMICO.   — accademicamente — per tranquillare tua madre...

DONNA LIVIA. Ah, sí, bel modo di tranquillarmi! Fortuna che m'hai tranquillato tu, ora. Grazie, Doro mio!

DORO (*scattando al ringraziamento*).   Ma dici sul serio? Mi fai crescere piú che mai l'irritazione, vedi?

DORO. Perché ti ringrazio?

DORO. Eh sí, scusa! Perché mi ringrazi? Hai potuto credere anche tu, dunque? —

DONNA LIVIA. — no! no! —

DORO. — e allora perché mi ringrazi e ti dichiari tranquilla «ora»? — Farei cose da pazzi, farei!

DONNA LIVIA. Per carità, non ci pensare piú!

DORO (*voltandosi a Diego*).   Come credi che sia da difendere, tu, Delia Morello?

DIEGO. Lascia andare! Ora che tua madre è tranquilla!

DORO. No, vorrei saperlo, vorrei saperlo.

DIEGO. Per seguitare a discutere con me?

DONNA LIVIA. Basta, Doro!

DORO (*alla madre*).   No, per curiosità!

A Diego:

Per vedere se le tue ragioni sono quelle stesse che portavo io contro Francesco Savio.

DIEGO. E in questo caso? Cambieresti di nuovo?

DORO. Ti pare che sia una bandieruola? — «Non si può dire» —— sostenevo io — «che Delia Morello abbia voluto la rovina del Salvi per il fatto che, quasi alla vigilia delle nozze, si mise con quell'altro, perché la vera rovina del Salvi sarebbe stata a ogni modo il suo matrimonio con lei».

DIEGO. Ecco! Benissimo! Ma sai com'è una torcia accesa, al sole, in un mortorio? La fiamma non si vede; e che si vede invece? come fúmiga!

DORO. Che intendi dire?

DIEGO. Che son d'accordo con te: che la Morello lo sapeva; e che appunto perché lo sapeva, non volle il matrimonio! Ma tutto questo non è chiaro, forse neanche a lei stessa; e appare invece a tutti il fumighío della sua cosí detta perfidia.

DORO (*subito, con foga*).   No, no, caro mio! Ah, la perfidia c'è stata; è innegabile; e raffinatissima! Ci ho ripensato bene tutt'oggi. Ella si mise con quell'altro — con Michele Rocca — per seguitare fino all'ultimo la sua vendetta sopra il Salvi; come sosteneva Francesco Savio jersera.

DIEGO. Oh! E dunque statti adesso in buona pace con codesta opinione del Savio, e non parlarne piú.

PRIMO VECCHIO AMICO.   Ecco! È il meglio che si possa fare su un simile argomento! E noi ce n'andiamo, Donna Livia —

le bacerà la mano.

SECONDO VECCHIO AMICO (*seguitando*).   — felicissimi che tutto si sia chiarito!

Le bacerà la mano; poi, rivolgendosi ai due giovani:

Buona sera, cari.

PRIMO VECCHIO AMICO.   Addio, Doro. Buona sera, Cinci.

DIEGO. Buona sera.

Se lo tirerà un po' in disparte e gli dirà piano,
maliziosamente:

Congratulazioni!

PRIMO VECCHIO AMICO (*stordito*).   Di che?

DIEGO. Noto con piacere che in lei c'è sempre, sotto sotto, un di piú, che per fortuna non viene mai fuori.

PRIMO VECCHIO AMICO.   In me? Ma no! Che cosa?

DIEGO. Eh via! Ciò che pensa, lei se lo tiene per sé, e non se ne fa accorgere. Ma siamo d'accordo, sa!

PRIMO VECCHIO AMICO.   Uhm! Non ci arrivo, che vuole che le dica!

DIEGO (*tirandoselo un po' piú in disparte*).   Io me la sposerei perfino! Ma ho appena quanto basta a me, e non di piú. Sarebbe come ad accogliere un altro sotto l'ombrello, quando piove, che ci si bagna in due.

DONNA LIVIA (*che se ne sarà stata frattanto a conversare, rassicurata, con Doro e l'altro vecchio amico: rivolgendosi al primo che riderà*).   E allora, amico mio... — Che avete da ridere così?

PRIMO VECCHIO AMICO.   Niente: capestrerie!

DONNA LIVIA (*seguitando e avviandosi a braccetto di lui e seguíta dall'altro verso il salone, da cui parlando scompariranno per la destra*).   — se domani andrete da Cristina, ditele che si tenga pronta per l'ora fissata...

Via Donna Livia coi due vecchi amici.
Doro e Diego resteranno per un buon pezzo in silenzio. Il salone vuoto e illuminato farà, alle loro
spalle, una strana impressione.

DIEGO (*aprendo le dita delle due mani a ventaglio e intrecciandole tra loro in modo da formare una grata o una rete e appressandosi a Doro per mostrargliela*).

È cosí — guarda —proprio cosí —

DORO. Che cosa?

DIEGO. — la coscienza di cui si parlava poc'anzi. Una rete elastica, che se s'allenta un poco, addio! scappa fuori la pazzia che cova dentro ciascuno di noi.

DORO (*dopo un breve silenzio, costernato e sospettoso*). Lo dici per me?

DIEGO (*quasi a se stesso*).   Ti vagano davanti sconnesse le immagini accumulate in tanti anni, frammenti di vita che forse hai vissuta e che t'è rimasta occultata perché non hai voluto o potuto rifletterla in te al lume della ragione; atti ambigui, menzogne vergognose, cupi livori, delitti meditati all'ombra di te stesso fino ai minimi particolari, desiderii inconfessati: tutto, tutto ti riviene fuori, ti sbòmica, e ne resti sconcertato e atterrito.

DORO (*c.s.*).   Perché dici questo?

DIEGO (*con gli occhi fissi nel vuoto*). Dopo nove notti che non dormivo...

S'interromperà per voltarsi di scatto a Doro.

Provati, provati a non dormire per nove notti di fila! — Quella tazzina di majolica, sul comodino, con un solo righino azzurro. — E *tèn-tèn*, che morte, quella campana! Otto, nove... le contavo tutte: dieci, undici — la campana dell'orologio — dodici — e poi ad aspettare quella dei quarti! Non c'è piú nessun affetto che tenga, quando hai trascurato i bisogni primi che si debbono per forza soddisfare. Rivoltato contro la sorte feroce che teneva ancora lí, rantolante e insensibile, il corpo, il solo corpo ormai, quasi irriconoscibile, di mia madre — sai che pensavo? pensavo che — ah Dio, poteva finalmente finire di rantolare!

DORO. Ma è morta, scusa, da piú di due anni, tua madre, mi pare.

DIEGO. Sí. Sai come mi sorpresi, a una momentanea sospensione di quel rantolo, nel terribile silenzio sopravvenuto nella camera, voltando non so perché il capo verso lo specchio dell'armadio? Curvo sul letto, intento a spiare da vicino, se non fosse morta. Proprio come per farsi vedere da me, la mia faccia conservava nello specchio l'espressione con cui stava sospesa a spiare, in un quasi allegro spavento, la liberazione. La ripresa del rantolo m'incusse in quel punto un tale raccapriccio di me, che mi nascosi quella faccia come se avessi commesso un delitto; e mi misi a piangere — come il bambino ch'ero stato per la mia mamma, di cui — sí, sí— volevo ancora la pietà per la stanchezza che sentivo, che mi faceva cascare a pezzi; pur avendo finito or ora di desiderare la sua morte; povera mamma che ne aveva perdute di notti per me, quand'ero piccino e malato...

DORO. Ma mi dici perché, all'improvviso, codesto ricordo di tua madre?

DIEGO. Non lo so, perché. Lo sai tu forse perché ti sei tanto irritato del ringraziamento che tua madre t'ha fatto per averla tranquillata?

DORO. Perché aveva potuto supporre per un momento anche lei...

DIEGO. Va' là, che noi c'intendiamo a guardarci!

DORO (*scrollando le spalle*).   Ma che vuoi intendere!

DIEGO. Se non fosse vero, avresti dovuto riderne, non irritartene.

DORO. Ma come? pensi sul serio anche tu? —

DIEGO. — io? tu lo pensi!

DORO. Se do ragione al Savio adesso!

DIEGO. Lo vedi? Da cosí a cosí. E anche contro te stesso ti sei irritato, delle tue «esagerazioni»!

DORO. Perché riconosco —

DIEGO. — no! no! leggi chiaro, leggi chiaro in te stesso!

DORO. Ma che vuoi che legga, fammi il piacere!

DIEGO. Tu dài ragione adesso a Francesco Savio... sai perché? per reagire contro un sentimento, che covi dentro, a tua insaputa.

DORO. Ma nient'affatto! Mi fai ridere!

DIEGO. Sí! sí!

DORO. Mi fai ridere, ti dico!

DIEGO. Nel ribollimento della discussione di jersera t'è venuto a galla e t'ha stordito e t'ha fatto dir

15

cose «che non sai». Sfido! Credi di non averle mai pensate! E invece le hai pensate, le hai pensate
—

DORO. — come? quando? —

DIEGO.— di nascosto a te stesso! — Caro mio! Come ci sono i figli illegittimi, ci sono anche i pensieri bastardi!

DORO. I tuoi, sí!

DIEGO. Anche i miei! Tende ognuno ad ammogliarsi per tutta la vita con un'anima sola, la piú comoda, quella che ci porta in dote la facoltà piú adatta a conseguir lo stato a cui aspiriamo; ma poi, fuori dell'onesto tetto coniugale della nostra coscienza, abbiamo tresche, tresche e trascorsi senza fine con tutte le altre nostre anime rejette che stanno giú nei sotterranei del nostro essere, e da cui nascono atti, pensieri, che non vogliamo riconoscere, o che, forzati, adottiamo o legittimiamo, con accomodamenti e riserve e cautele. Questo, tu ora lo respingi, povero pensiero trovatello! Ma guardalo bene negli occhi: è tuo! Tu ti sei davvero innamorato di Delia Morello! Come un imbecille!

DORO. Ah! ah! ah! ah! Mi fai ridere, mi fai ridere.

A questo punto entrerà dal salone il cameriere Filippo.

FILIPPO.   Permesso? C'è il signor Francesco Savio.

DORO. Ah, eccolo qua! -

A Filippo:

Fallo entrare.

DIEGO. Io me ne vado.

DORO. No, aspetta che ti farò vedere come mi sono innamorato di Delia Morello!

Entrerà Francesco Savio.

DORO. Vieni, vieni, Francesco.

FRANCESCO.   Caro Doro! — Buona sera, Cinci!

DIEGO. Buona sera.

FRANCESCO (*a Doro*). Sono venuto a esprimerti il mio rammarico per il diverbio nostro di jersera.

DORO. Oh, guarda! Mi proponevo anch'io di venirti a trovare questa sera per esprimerti allo stesso modo il mio rammarico.

FRANCESCO (*lo abbraccerà*). Ah! Mi togli un gran peso dal petto, amico mio!

DIEGO. Siete da dipingere tutti e due, parola d'onore!

FRANCESCO (*a Diego*).   Ma sai che per un punto non abbiamo guastata per sempre la nostra vecchia amicizia?

DORO. Ma no! ma no!

FRANCESCO.   Come no? Ci sono stato male tutta la notte, credi! A pensare come mi fosse potuto rimanere oscuro il sentimento generoso —

DIEGO (*di scatto*).   — benissimo! — che l'ha spinto a difendere Delia Morello, eh? -

FRANCESCO.   — davanti a tutti — coraggiosamente — mentre tutti le gridavano la croce addosso.

DIEGO. Tu prima di tutti!

FRANCESCO (*con calore*).   Ma sí! Per non aver considerato a fondo le ragioni, una piú giusta e piú valida dell'altra, addotte da Doro!

DORO (*con dispetto e restando*).   Ah sí? tu, ora? —

DIEGO (*c.s.*).   — benissimo! In favore di quella donna, è vero? —

FRANCESCO.   — sfidando lo scandalo! Imperterrito contro le risa sguajate con cui tutti quegli sciocchi accoglievano le sue risposte sferzanti!

DORO (*c.s. prorompendo*).   Senti! Tu sei un pulcinella!

FRANCESCO.   Come! Vengo a darti ragione!

DORO.   Appunto per questo! Un pulcinella!

DIEGO (*a Francesco*).   Voleva darti ragione — lui, a te!

FRANCESCO.   A me?

DIEGO. A te! a te! per tutto quello che hai detto tu contro Delia Morello!

DORO.   E ora ha il coraggio di venirmi a dire in faccia che avevo ragione io!

FRANCESCO.   Ma perché ho riflettuto su quello che dicesti jersera!

DIEGO. Eh già! Capisci? Come lui su quello che dicevi tu!

FRANCESCO.   E ora lui dà ragione a me?

DIEGO. Come tu a lui!

DORO.   Ora, già! Dopo avermi reso jersera lo zimbello di tutti, il bersaglio di tutte le malignità, e aver qua turbato mia madre —

FRANCESCO.   — io?

DORO.   — tu! tu! sí! cimentandomi, compromettendomi, facendomi dir cose che non m'erano mai passate per la mente!

Parandoglisi di fronte, aggressivo, fremente;

Non t'arrischiare, sai, d'andar dicendo che ho ragione io adesso!

DIEGO (*incalzando*).   — perché riconosci la generosità del suo sentimento —

FRANCESCO.   — ma se è vero!

DORO.   Sei un pulcinella!

DIEGO. Farai credere che sai anche tu, ora, la verità: che è innamorato di Delia Morello, e che l'ha difesa per questo!

DORO.   Diego, finiscila, perdio, o me la piglio con te!

A Francesco:

Un pulcinella, caro mio, un pulcinella!

FRANCESCO.   Me lo gridi in faccia per la quinta volta, bada!

DORO.   E te lo griderò per cento volte di fila, ora, domani e sempre!

FRANCESCO.   Ti faccio notare che sono in casa tua!

DORO. In casa mia e fuori, dove tu vuoi te lo grido in faccia: pulcinella!

FRANCESCO.   Ah sí? Sta bene. Quand'è cosí, a rivederci!

E andrà via.

DIEGO (*facendo per corrergli dietro*).   Oh, non facciamo scherzi!

DORO (*trattenendolo*).   Lascialo andare!

DIEGO. Ma dici sul serio? Tu cosí finisci di comprometterti!

DORO. Non me n'importa un corno!

DIEGO (*svincolandosi*).   Ma tu sei pazzo!... Lasciami andare!

Scapperà via per tentare di raggiungere
Francesco Savio.

DORO (*gli griderà dietro*):   Ti proibisco d'intrometterti! (*Non vedendolo piú s'interromperà e andrà*
in su e in giú per il salotto, masticando tra i denti). Ma guarda un po'! — Ora! — Ha il coraggio di
venirmi a dire in faccia che avevo ragione io, ora! — Pulcinella... — Dopo aver fatto credere a
tutti... —

Sopravverrà a questo punto Filippo, un po' smarrito, con un biglietto da visita in mano.

FILIPPO.   Permesso?

DORO (*arrestandosi, brusco*). Che cosa c'è?

FILIPPO.   C'è una signora che domanda di lei.

DORO. Una signora?

FILIPPO.   Ecco.

Gli porgerà il biglietto da visita.

DORO (*dopo aver letto il nome sul biglietto, turbandosi vivamente*). — Qua? Dov'è?

FILIPPO.   È di là che aspetta.

DORO (*si guarderà attorno, perplesso; poi domanderà, cercando di nascondere l'ansia e il*
turbamento):   E — la mamma è uscita?

FILIPPO.   Sissignore, da poco.

DORO. Falla passare, falla passare.

Andrà verso il salone per accogliere Delia Morello.
Filippo si ritirerà e ritornerà poco dopo per accompagnare fino alle colonne Delia Morello che
apparirà velata, sobriamente vestita, ma elegantissima. Filippo tornerà a ritirarsi, inchinandosi.

DORO. Voi qua, Delia?

DELIA. Per ringraziarvi; per baciarvi le mani, amico mio!

DORO. Ma no, che dite!

DELIA. Sí, ecco —

Chinerà il capo come se volesse veramente baciargli la mano che tiene ancora tra le sue.

— davvero! davvero!

DORO. Ma no, che fate! Debbo io, a voi —

DELIA. Per il bene che mi avete fatto!

DORO. Ma che bene! Ho solo —

DELIA. — no! credete per la difesa che avete fatto di me? Che volete che m'importi di difese, di offese! — Mi dilanio da me! — La mia gratitudine è per quello che avete pensato, sentito; e non perché l'abbiate gridato in faccia agli altri!

DORO (*non sapendo come regolarsi*).   Ho pensato... sí, quel che — conoscendo, come conoscevo, i fatti — m'è... m'è parso giusto.

DELIA. Giusto o ingiusto — non m'importa! È che mi sono riconosciuta, capite, «riconosciuta» in tutto quello che avete detto di me, appena me l'hanno riferito!

DORO (*c.s. ma non volendo parere smarrito*).   Ah, bene — perché... ho — ho indovinato dunque?

DELIA. Come se foste vissuto in me, sempre; ma intendendo di me quello che io non ho potuto mai intendere, mai, mai! Mi sono sentita fendere le reni da brividi continui; ho gridato: «Sí! sí! è cosí! è cosí!»; non potete immaginarvi con che gioja, con che spasimo, vedendomi, sentendomi in tutte le ragioni che avete saputo trovare!

DORO. Ne sono... ne sono felice, credetemi! Felice perché mi sono apparse così chiare nel momento in cui — veramente — «le trovavo», senza rifletterci, come... come per un estro che mi si fosse acceso, ecco, per una divinazione insomma del vostro animo — e poi, vi confesso, non piú —

DELIA. — ah, non piú?

DORO. Ma se voi ora mi dite che vi ci siete riconosciuta!

DELIA. Amico mio, vivo da stamattina di codesta vostra divinazione, che è apparsa tale anche a me! Tanto che mi domando come abbiate potuto fare ad averla, voi che mi conoscete cosí poco, in fondo; e mentr'io mi dibatto, soffro — non so — come di là da me stessa! come se quella che io sono, debba andarla sempre inseguendo, per trattenerla, per domandarle che cosa voglia, perché soffra, che cosa dovrei fare per ammansarla, per placarla, per darle pace!

DORO. Ecco: un po' di pace, sí! Voi ne avete veramente bisogno.

DELIA. L'ho sempre davanti, come me lo vidi in un attimo cadere ai piedi, bianco, di peso, dacché m'era sopra come una vampa; mi sentii — non so — estinguere, estinguere — protendendomi a guardare, dall'abisso di quell'attimo, l'eternità di quella morte improvvisa, là, nella sua faccia in un momento smemorata di tutto, spenta. E sapevo io sola, io sola la vita ch'era in quella testa che s'era là fracassata per me; per me che non sono niente! — Ero pazza; figuratevi come sono adesso!

DORO. Calmatevi, calmatevi.

DELIA. Mi calmo, sí. E appena mi calmo — ecco qua — sono cosí — come insordita. In tutto il corpo, insordita. Proprio. Mi stringo e non mi sento. Le mani — me le guardo — non mi sembrano mie. E tutte le cose — Dio mio, le cose da fare — non so piú perché si debbano fare. Apro la borsetta; ne cavo lo specchio; e nell'orrore di questa vana freddezza che mi prende, non potete immaginarvi che impressione mi facciano, nel tondo dello specchio, la mia bocca dipinta, i miei occhi dipinti, questa faccia che mi sono guastata per farmene una maschera.

DORO (*appassionato*).Perché non ve la guardate con gli occhi degli altri.

DELIA. Anche voi? Sono proprio condannata a odiare come nemici tutti coloro a cui m'accosto perché m'ajutino a comprendermi? Abbagliati dai miei occhi, dalla mia bocca… E nessuno che si curi di ciò che piú mi bisogna!

DORO. Del vostro animo, sí.

DELIA. E io allora li punisco, là, dove s'appuntano le loro brame; e prima le esaspero, codeste brame che mi fanno schifo, per meglio vendicarmi; facendo getto all'improvviso di questo mio corpo a chi meno essi s'aspetterebbero.

Doro farà segno di sí col capo; come a dire:
«Purtroppo!»

Cosí, per mostrar loro in quanto dispregio io tenga ciò che essi sopratutto pregiano di me.

Doro farà ancora segno di sí col capo.

Ho fatto il mio danno? Sí. L'ho sempre fatto. Ah, ma meglio la canaglia — la canaglia che si dà per tale; che se rattrista, non delude; e che può avere anche qualche lato buono; certe ingenuità talvolta, che tanto più rallegrano e rinfrescano, quanto meno ce l'aspettiamo in loro!

DORO (*sorpreso*).   Ho detto proprio cosí, io! Proprio questo —

DELIA (*convulsa*).   — sí, sí —

DORO. — ho spiegato cosí, proprio cosí, certi vostri inopinati —

DELIA. — traviamenti — già! — balzi — salti mortali…

Resterà d'un tratto con gli occhi fissi nel vuoto, come assorti in una lontana visione.

— Guarda!...

Poi dirà come a se stessa:

Pare impossibile... Già... I salti mortali...

E di nuovo assorta:

Quella ragazzetta, a cui gli zingari insegnavano a farli — in una spianata verde verde, vicino alla mia casetta di campagna, quand'ero bambina... —

c.s.

Pare impossibile che sia stata anch'io bambina…

Farà, senza dirlo, il grido con cui la madre chiamava:

— «Lilí! Lilí!» — Che paura di quegli zingari; che levassero all'improvviso le tende e mi rapissero! —

Rivenendo a sé:

Non mi hanno rapita. Ma i salti mortali ho imparato a farli anch'io, da me, venendo dalla campagna in città — qua — fra tutto questo finto, fra tutto questo falso, che diventa sempre piú finto e piú falso — e non si può sgombrare; perché, ormai, a rifarla in noi, attorno a noi, la semplicità, appare falsa — appare? è, è — falsa, finta anch'essa. — Non è piú vero niente! E io voglio vedere, voglio sentire, sentire almeno una cosa, almeno una cosa sola che sia vera, vera, in me!

DORO. Ma codesta bontà che è in fondo a voi, nascosta; come io ho cercato di farla vedere agli altri —

DELIA. — sí, sí; e ve ne sono tanto grata, sí - ma cosí complicata anch'essa — complicata — tanto che vi siete attirate l'ira, le risa di tutti per aver voluto chiarirla. Anche a me l'avete chiarita. Sí, malvista da tutti, come avete detto voi, trattata con diffidenza da tutti, là a Capri. — (Credo che ci fosse anche chi mi sospettava spia). — Ah, che scoperta vi feci, amico mio! Sapete che cosa significa «amare l'umanità»? Significa soltanto questo: «essere contenti di noi stessi». Quando uno è contento di se stesso «ama l'umanità». — Pienissimo di questo amore — oh, felice! — dopo l'ultima esposizione dei suoi quadri a Napoli, doveva esser lui, quando venne a Capri —

DORO. — Giorgio Salvi? —

DELIA. — per certi suoi studi di paese. — Mi trovò in quello stato d'animo —

DORO. — ecco! proprio come ho detto io! Preso tutto dalla sua arte, senza piú altro sentimento.

DELIA.   Colori! per lui i sentimenti non erano piú altro che colori!

DORO. Vi propose di sedere per un ritratto —

DELIA. - dapprima, sí. Poi... Aveva un modo di chiedere quello che voleva... un modo... — era impudente, pareva un bambino. — E gli feci da modella. Voi l'avete detto benissimo: nulla irrita piú che il restare esclusi da una gioja —

DORO. — viva, presente innanzi a noi, attorno a noi, di cui non si scopra o non s'indovini la ragione —

DELIA. — giustissimo! Ero una gioja — pura — soltanto per i suoi occhi — ma che mi dimostrava che anche lui, in fondo, non pregiava e non voleva da me altro che il corpo; non come gli altri, per un basso intento, oh!

DORO. Ma questo a lungo andare non poteva che irritarvi di piú —

DELIA. — ecco! Perché se m'ha fatto sempre sdegno e nausea non vedermi ajutata nelle mie smaniose incertezze da quegli altri; il disgusto per uno che voleva anch'esso il corpo, e nient'altro, ma solo per trarne una gioja —

DORO. — ideale! —

DELIA. — esclusivamente per sè! —

DORO. — doveva essere tanto piú forte, in quanto mancava appunto ogni motivo di nausea —

DELIA. — e rendeva impossibile quella vendetta che almeno ho potuto prendermi d'improvviso contro gli altri! — Un angelo, per una donna, è sempre piú irritante d'una bestia!

DORO (raggiante).   Oh guarda! Le mie parole! io ho detto proprio — precisamente — cosí!

DELIA. Ma io ripeto le vostre parole, appunto, come mi sono state riferite: che mi hanno fatto luce —

DORO. — ah, ecco! — per vedere la ragione vera —

DELIA. — di quello che ho fatto! Sí, sí: è vero: per potermi vendicare, io feci in modo che il mio corpo a mano a mano davanti a lui cominciasse a vivere, non piú per la delizia degli occhi soltanto —

DORO. — e quando lo vedeste come tant'altri vinto e schiavo, per meglio assaporare la vendetta, gli vietaste che prendesse da esso altra gioja che non fosse quella di cui finora s'era contentato —

DELIA. — come unica ambita, perché unica degna di lui!

DORO. E basta! — Basta! — Perché la vostra vendetta, cosí, era già fatta! Voi non voleste affatto che egli vi sposasse, è vero?

DELIA. No! no! Lottai tanto, tanto, per dissuaderlo! Quando corrivo, esasperato per le mie ostinate repulse, minacciò di far pazzie — volli partire, sparire.

DORO. E poi gl'imponeste le condizioni che sapevate per lui piú dure — apposta —

DELIA. — apposta, sí, apposta —

DORO. — ch'egli cioè vi presentasse come promessa sposa alla madre, alla sorella —

DELIA. — sí, sí — della cui illibata riserbatezza era orgoglioso e gelosissimo — apposta, perché dicesse di no! — Ah, come parlava di quella sua sorellina!

DORO. Benissimo! Allora, come ho sostenuto io! — E ditemi la verità: quando il fidanzato della sorella, il Rocca —

DELIA (*con orrore*).   — no! no! Non mi parlate, non mi parlate di lui, per carità!

DORO. Questa è la massima prova delle ragioni sostenute da me, e dovete dirlo, dovete dirlo che è vero, quello che ho sostenuto io —

DELIA. — sí; che mi misi con lui, disperata, disperata, quando non vidi piú altra via di scampo —

DORO. — ecco! benissimo! —

DELIA. — per farmi sorprendere, sí, per farmi sorprendere da lui, e impedire cosí quel matrimonio —

DORO. — che sarebbe stato la sua infelicità —

DELIA. — e anche la mia! la mia! —

DORO (*trionfante*).   — benissimo! Tutto quello che ho sostenuto io! Cosí v'ho difesa! — E quell'imbecille che diceva di no! che tanto le repulse, quanto la lotta, la minaccia, il tentativo di sparire, furono tutte perfide arti —

DELIA (*impressionata*).   — diceva questo? —

DORO. — già! ben meditate ed attuate per ridurre alla disperazione il Salvi, dopo averlo sedotto —

DELIA (*c.s.*).   — ah — io — sedotto? —

DORO. — sicuro! — e che piú lui si disperava e piú voi vi negavate, per ottenere tante e tante cose, ch'egli altrimenti non vi avrebbe mai accordate —

DELIA (*sempre più impressionata e man mano smarrendosi*).   — che cosa? —

DORO. — ma prima di tutto, quella presentazione alla madre e alla sorellina e al fidanzato di lei —

DELIA. — ah, non perché io sperassi di trovare un pretesto nell'opposizione di lui per mandare a monte la promessa di matrimonio? —

DORO. — no! no! per un'altra perfidia — sosteneva! —

DELIA (*del tutto smarrita*).   — e quale? —

DORO. — per il gusto di comparire vittoriosa, davanti a tutti in società, accanto alla purezza di quella sorellina — voi — la disprezzata, la contaminata —

DELIA (*trafitta*).   — ah, cosí ha detto? —

e resterà con gli occhi invagati, accasciata.

DORO. — cosí! cosí! — e che quando sapeste che ragione del prolungato ritardo di quella presentazione da voi posta per patto, era invece l'opposizione fierissima del Rocca, fidanzato della sorella —

DELIA. — ancora per vendicarmi, è vero? —

DORO. — sí! perfidamente! —

DELIA. — di quest'opposizione? —

DORO. — sí, attraeste e travolgeste il Rocca come un fuscellino di paglia in un gorgo, senza pensare piú al Salvi, solo per il gusto di dimostrare a quella sorella che cos'è la fierezza e l'onestà di codesti illibati paladini della morale!

Delia resterà per un lungo tratto in silenzio, fissa a guardare innanzi a sé, come insensata, poi si coprirà di scatto il volto con le mani, e resterà cosí.

DORO (*dopo averla guardata un tratto, perplesso, sorpreso*).   Che cos'è?

DELIA (*resterà ancora un poco col volto coperto; poi lo scoprirà e guarderà un poco ancora innanzi a sé; infine dirà, aprendo desolatamente le braccia*):   E chi sa, amico mio, ch'io non l'abbia fatto veramente per questo?

DORO (*scattando*).   Come? E allora?

*Sopravverrà a questo punto stravolta e agitatissima
Donna Livia gridando fin dall'interno:*

DONNA LIVIA. Doro! Doro!

DORO (*subito alzandosi turbatissimo alla voce*).   Mia madre!

DONNA LIVIA (*precipitandosi*).   Doro! M'hanno detto a passeggio che lo scandalo di jersera avrà un seguito cavalleresco!

DORO. Ma no! Chi te l'ha detto?

DONNA LIVIA (*voltandosi a Delia, sdegnosamente*). …Ah! E trovo infatti codesta signora in casa mia?

DORO (*con fermezza, pigiando sulle parole*).   In casa tua, appunto, mamma!

DELIA. Io vado, vado. Ah, ma questo non avverrà — non avverrà, stia tranquilla, signora! Lo impedirò io! Penserò io a impedirlo!

E s'avvierà rapidamente, convulsa.

DORO (*seguendola per un tratto*).   Non s'arrischi, signora, per carità, a interporsi —

Delia scomparirà.

DONNA LIVIA (*gridando, per arrestarlo*).   Ma dunque è vero?

DORO (*voltandosi e gridando esasperato*). Vero? Che cosa? — Che mi batto? — Forse. — Ma perché? Per una cosa che nessuno sa quale sia, come sia: né io, né quello — e nemmeno lei stessa! nemmeno lei stessa!

TELA

PRIMO INTERMEZZO CORALE

Il sipario, appena abbassato, si rialzerà per mostrare quella parte del corridojo del teatro che conduce ai palchi di platea, alle poltrone, alle sedie e, in fondo, al palcoscenico. E si vedranno gli spettatori che a mano a mano vengono fuori dalla sala, dopo aver assistito al primo atto della commedia. (Altri, in gran numero, si suppone che vengano fuori dalla sala sull'altra parte del corridojo che non si vede; e non pochi, infatti, ne sopravverranno di tanto in tanto da sinistra).

Con questa presentazione del corridojo del teatro e del pubblico che figurerà d'aver assistito al primo atto della commedia, quella che da principio sarà apparsa in primo piano sulla scena quale rappresentazione d'una vicenda della vita, si darà ora a vedere come una finzione d'arte; e sarà perciò come allontanata e respinta in un secondo piano. Avverrà più tardi, sul finire di questo primo intermezzo corale, che anche il corridojo del teatro e gli spettatori saranno anch'essi respinti a lor volta in un terzo piano; e questo avverrà allorché si verrà a conoscere che la commedia che si rappresenta sul palcoscenico è a chiave: costruita cioè dall'autore su un caso che si suppone realmente accaduto e di cui si siano occupate di recente le cronache dei giornali: il caso della Moreno (che tutti sanno chi è) e del barone Nuti e dello scultore Giacomo La Vela che si è ucciso per loro. La presenza in teatro, tra gli spettatori della commedia, della Moreno e del Nuti stabilirà allora per forza un primo piano di realtà, più vicino alla vita, lasciando in mezzo gli spettatori alieni, che discutono e s'appassionano soltanto di una finzione d'arte. Si assisterà poi nel secondo intermezzo corale al conflitto tra questi tre piani di realtà, allorché da un piano all'altro i personaggi veri del dramma assalteranno quelli finti della commedia e gli spettatori che cercheranno di interporsi. E la rappresentazione della commedia non potrà più, allora, aver luogo.

Intanto per questo primo intermezzo si raccomanda sopra tutto la naturalezza più volubile e la più fluida vivacità. È ormai noto a tutti che a ogni fin d'atto delle irritanti commedie di Pirandello debbano avvenire discussioni e contrasti. Chi le difende abbia di fronte agli irriducibili avversarii quell'umiltà sorridente che di solito ha il mirabile effetto d'irritare di più.

E prima si formino varii crocchi; e dall'uno all'altro si spicchi di tanto in tanto qualcuno in cerca di lume. Giova e diverte veder cambiare a vista d'opinione, due o tre volte, dopo aver colto a volo due o tre opposti pareri. Qualche spettatore pacifico fumerà, e fumerà la sua noja, se annojato; i suoi dubbi, se dubbioso; poiché il vizio del fumo, come ogni altro vizio divenuto abituale, ha questo di triste, che non dà più, se non raramente, gusto per sé, ma prende qualità dal momento in cui si sodisfa e dall'animo con cui si sodisfa. Potranno così fumare, se vogliono, anche gli irritati, e ridurranno in fumo la loro irritazione.

Tra la folla, i pennacchi di due carabinieri. Qualche maschera, qualche uscere del teatro; due o tre donne dei palchi vestite di nero e col grembiulino bianco. Qualche giornalajo griderà i titoli dei giornali. Nei crocchi, qua e là, anche qualche signora. Non vorrei che fumasse. Ma forse più di una fumerà. Altre si vedranno andar per visita da un palco all'altro.

I cinque critici drammatici si manterranno dapprima, specie se interrogati, molto riservati nel giudizio. Si saranno messi insieme, a poco a poco, per scambiarsi le prime impressioni. Gli amici indiscreti che s'accosteranno a udire, attrarranno subito molti curiosi, e allora i critici o taceranno o s'allontaneranno. Non è escluso che qualcuno di loro che dirà peste e vituperii della commedia e dell'autore qua nel corridojo, non ne debba poi dir bene il giorno dopo sul suo giornale. Tanto è vero che altro è la professione, altro l'uomo che la professa per ragioni di convenienza che lo costringano a sacrificare la propria sincerità (questo, s'intende, quando il sacrificio sia possibile: che egli abbia, voglio dire, una sincerità da sacrificare). E parimenti potranno mostrarsi denigratori accaniti quegli stessi spettatori che avranno applaudito nella sala il primo atto della commedia.

Facilmente si potrebbe recitare a soggetto questo primo intermezzo corale, tanto ormai son noti e ripetuti i giudizii che si dànno indistintamente di tutte le commedie di questo autore: «cerebrali», «paradossali», «oscure», «assurde», «inverosimili». Tuttavia, saranno qui segnate le battute piú importanti dell'uno e dell'altro degli attori momentanei di questo intermezzo, senza esclusione di quelle che potranno essere improvvisate per tener viva la confusa agitazione del corridojo.

Dapprima, brevi esclamazioni, domande, risposte di spettatori indifferenti, che usciranno per i primi, mentre dall'interno si sentirà il sordo fragorío della platea.

TRA DUE CHE ESCONO IN FRETTA.   — Vado su, vado su a trovarlo!

— Seconda fila, numero otto! Ma diglielo, mi raccomando!

S'avvierà per la sinistra.

— Non dubitare, lasciami fare!

UNO CHE SOPRAVVIENE DA SINISTRA. Oh, hai poi trovato posto?

QUELLO CHE SE NE VA IN FRETTA.   Come vedi! A rivederci, a rivederci.

Via.

Intanto altri sopravverranno da sinistra, dove sarà pure un gran vociare; altri sboccheranno dall'entrata delle poltrone; altri verranno fuori dagli uscioli dei palchi.

UNO QUALUNQUE.   Che sala, eh?

UN ALTRO.   Magnifica! Magnifica!

UN TERZO.   MA non hai visto se sono venute?

UN QUARTO.   No no: non credo.

Scambio di saluti qua e là: «Buona sera! Buona sera!» — Frasi aliene. Qualche presentazione. Intanto, spettatori favorevoli all'autore, coi volti accesi e gli occhi brillanti, si cercheranno tra loro e staranno un po' insieme a scambiarsi le prime impressioni, per poi sparpagliarsi qua e là, accostandosi a questo o a quel crocchio a difendere la commedia e l'autore, con petulanza e con ironia, dalle critiche degli avversarii irreconciliabili che, nel frattempo, si saranno anch'essi cercati tra loro.

I FAVOREVOLI. Ah, eccoci qua!

— Pronti!

— Ma va benissimo, mi pare!

— Ah, si respira finalmente!

— Quell'ultima scena con la donna!

— E lei, lei, la donna!

— E la scena di quei due che voltano da cosí a cosí!

I CONTRARI (*contemporaneamente*). — Le solite sciarade! Va' e sappi tu che voglia dire!

— È un prendere in giro la gente!

— Mi pare che cominci a fidarsi un po' troppo, oramai!

— Io non ci ho capito nulla!

— Il giuoco degli enimmi!

— Se il teatro, dico, deve ridursi un supplizio!

UNO DEI CONTRARI (*al crocchio dei favorevoli*).   Voi, già, capite tutto, eh?

UN ALTRO DEI CONTRARI.   Eh, si sa! tutti intelligenti, quelli là!

UNO DEI FAVOREVOLI (*accostandosi*).   Lei dice a me?

IL PRIMO DEI CONTRARI.   Non a lei. Dico a quello!

Ne indicherà uno.

L'INDICATO (*avanzandosi*).   A me? dici a me?

IL PRIMO DEI CONTRARI.   A te! a te! Ma se tu non capiresti neanche *I due sergenti*, caro mio!

L'INDICATO.   Già, perché tu capisci bene che questa è roba da buttar in là col piede, è vero? cosí, come un ciottolo per via!

VOCI DI UN CROCCHIO VICINO.   — Ma che volete che ci sia da capire, scusate; non avete inteso? Nessuno sa niente!

— Stai a sentire; che è, che non è, dicevano una cosa e te ne dicono un'altra!

— Pare una burla!

— E tutti quei discorsi a principio?

— Per non concludere nulla!

QUELLO CHE SI SPICCA (*andando a un altro crocchio*).   Pare una burla già! Nessuno sa nulla!

VOCI DI UN ALTRO CROCCHIO. — È certo però che interessa!

— Oh Dio mio, ma questo girar sempre sullo stesso pernio!

— Ah no, non direi!

— Se è tutto un modo d'intendere, di concepire!

— L'ha espresso? E dunque basta!

— Basta, basta, sí! Non se ne può piú!

— Ma se avete applaudito! Tu, tu, sí: t'ho visto io!

— Può aver pure tante facce, una concezione, scusate: se è totale, della vita!

— Ma che concezione? Mi sai dire in che consiste quest'atto?

— Oh bella! E se non volesse consistere? Se volesse mostrare appunto l'inconsistenza delle opinioni, dei sentimenti?

QUELLO CHE SI SPICCA (*andando a un altro crocchio*).   Già! È questo, ecco! Forse non vuole consistere! Apposta, apposta; capite? È la commedia dell'inconsistenza.

VOCI D'UN TERZO CROCCHIO (*attorno ai critici drammatici*) — Ma sono pazzie! Ma dove siamo!

— Voi che siete critici di professione, illuminateci.

PRIMO CRITICO.   Mah! L'atto è vario. C'è forse del superfluo.

UNO DEL CROCCHIO.   Tutta quella disquisizione sulla coscienza!

SECONDO CRITICO.   Signori miei, siamo ancora al primo atto!

TERZO CRITICO.   Ma diciamo la verità! Vi par lecito, scusate, distruggere cosí il carattere dei personaggi? condurre l'azione a vento, senza né capo né coda? ripigliare il dramma, come a caso, da una discussione?

QUARTO CRITICO.   Ma la discussione è appunto su questo dramma. È il dramma stesso!

SECONDO CRITICO.   Che appare del resto vivo, in fine, nella donna!

TERZO CRITICO.   Ma io vorrei vedere rappresentato il dramma, e basta!

UNO DEI FAVOREVOLI. E la donna è disegnata benissimo!

UNO DEI CONTRARI.   Dici piuttosto che l'ha resa a meraviglia la...

nominerà l'attrice che avrà fatto la parte della Morello.

QUELLO CHE SI SPICCA (*ritornando al primo crocchio*).   Il dramma però è vivo, vivo nella donna! Questo è innegabile! Lo dicono tutti!

UNO DEL PRIMO CROCCHIO (*rispondendogli, indignato*).   Ma va' là! Se è tutta una matassa arruffata di contraddizioni!

UN ALTRO (*investendolo a sua volta*).   E la solita casistica! Non se ne può piú!

UN TERZO (*c.s.*).   Tutte, tutte trappole dialettiche! Acrobatismi cerebrali!

QUELLO CHE SI SPICCA (*allontanandosi per accostarsi al secondo crocchio*).   Eh   sí, veramente, sí, la solita casistica! È innegabile. Lo dicono tutti!

QUARTO CRITICO (*al terzo*).   Ma che caratteri, ormai, fammi il piacere! dove li trovi nella vita, i caratteri?

TERZO CRITICO.   Oh bella! Per il solo fatto che esiste la parola!

QUARTO CRITICO.   Parole, appunto, parole, di cui si vuol mostrare l'inconsistenza!

QUINTO CRITICO.   Ma io domando, ecco, se il teatro che, salvo errore, dev'essere arte —

UNO DEI CONTRARI.   — benissimo! poesia! poesia!

QUINTO CRITICO.   — debba essere invece controversia — ammirevole, sí, non dico di no — contrasto, urto d'opposto ragionamenti, ecco!

UNO DEI FAVOREVOLI. Ma si fanno qua, mi pare, i ragionamenti! Sul palcoscenico non me ne sono accorto! Se per voi è ragionamento la passione che sragiona...

UNO DEI CONTRARI.   Qua c'è un illustre autore, dica lei! dica lei!

IL VECCHIO AUTORE FALLITO. Ah, per me, lo volete, tenetevelo! Quel che ne penso lo sapete.

VOCI. No, dica! dica!

IL VECCHIO AUTORE FALLITO. Ma piccole sollecitudini intellettuali, signori miei, di quelle... di quelle... — come vorrei dire? — problemucci filosofici da quattro al soldo!

QUARTO CRITICO.   Ah questo poi no!

IL VECCHIO AUTORE FALLITO (*grandeggiando*).   E nessun profondo travaglio di spirito, che nasca da forze ingenue e veramente persuasive!

QUARTO CRITICO.   Ah sí, le conosciamo! le conosciamo, codeste forze ingenue e persuasive!

UN LETTERATO CHE SDEGNA DI SCRIVERE.   Quello che, secondo me, offende sopra tutto è il poco garbo — ecco.

IL SECONDO CRITICO. Ma no; anzi, questa volta mi pare che circoli nell'atto un po' piú d'aria del solito!

IL LETTERATO CHE SDEGNA DI SCRIVERE. Ma nessuna vera discrezione artistica, via! A scrivere, cosí, saremmo tutti buoni!

QUARTO CRITICO. Io, per me, non voglio anticipare il giudizio, ma vedo lampi, guizzi. Ecco, ho l'impressione come d'uno sbarbagliare di specchio impazzito.

Da sinistra arriverà a questo punto il clamore violento, come d'un tumulto. Si griderà: — «Sí, manicomio, manicomio!» — «Macchina! Trucco! trucco!» — «Manicomio! manicomio!» — Molti accorreranno gridando: «Che avviene di là?».

LO SPETTATORE IRRITATO. Ma possibile che a ogni prima di Pirandello debba avvenire il finimondo?

LO SPETTATORE PACIFICO. Speriamo che non si bastonino!

UNO DEI FAVOREVOLI. Oh badate che è una bella sorte davvero! Quando venite ad ascoltare le commedie degli altri autori, vi abbandonate sulla vostra poltrona, vi disponete ad accogliere l'illusione che la scena vi vuol creare, se riesce a crearvela! Quando venite invece ad ascoltare una commedia di Pirandello, afferrate con tutte e due le mani i bracciuoli della poltrona, cosí, vi mettete — cosí — con la testa come pronta a cozzare, a respingere a tutti i costi quel che l'autore vi dice. Sentite una parola qualunque — che so? «sedia» — ah perdio, senti?, ha detto «sedia»; ma a me non me la fa! Chi sa che cosa ci sarà sotto a codesta sedia!

UNO DEI CONTRARI. Ah, tutto, tutto — d'accordo! — tranne un po' di poesia però!

ALTRI CONTRARI. Benissimo! benissimo! E noi vogliamo un po' di poesia! di poesia!

UN ALTRO DEI FAVOREVOLI. Sí, andate a cercare sotto i sediolini degli altri, la poesia!

I CONTRARI. Ma basta con questo nihilismo spasmodico!

— E questa voluttà d'annientamento!

— Negare non è costruire!

IL PRIMO DEI FAVOREVOLI (*investendo*). Chi nega? Negate voi!

UNO DEGLI INVESTITI. Noi? Non abbiamo mai detto, noi, che la realtà non esiste!

IL PRIMO DEI FAVOREVOLI. E chi ve la nega, la vostra, se siete riusciti a crearvela?

UN SECONDO. La negate voi agli altri, dicendo che è una sola —

IL PRIMO. — quella che pare a voi, oggi —

IL SECONDO. — e dimenticando che jeri vi pareva un'altra!

IL PRIMO. Perché la avete dagli altri, voi, come una convenzione qualunque, parola vuota: *monte, albero, strada,* credete che ci sia una «data» realtà; e vi sembra una frode se altri vi scopre ch'era invece un'illusione! Sciocchi! Qua s'insegna che ciascuno se lo deve costruire da sé il terreno sotto i piedi, volta per volta, per ogni passo che vogliamo dare, facendovi crollare quello che non v'appartiene, perché non ve l'eravate costruito da voi e ci camminavate da parassiti, da parassiti, rimpiangendo l'antica poesia perduta!

IL BARONE NUTI (*che sarà sopravvenuto da sinistra, pallido, contraffatto, fremente, in compagnia di altri due spettatori, che cercheranno di trattenerlo*). E un'altra cosa però mi pare che s'insegni qua, caro signore: a calpestare i morti e a calunniare i vivi!

UNO DEI DUE CHE L'ACCOMPAGNANO (*subito, prendendolo sotto il braccio per trascinarlo via*). Ma no, vieni via! vieni via!

L'ALTRO ACCOMPAGNATORE (*contemporaneamente c. s.*). Andiamo, andiamo! Per carità, lascia andare!

IL BARONE NUTI (*mentre se lo trascineranno verso sinistra, si volterà a ripetere convulso*): Calpestare i morti e calunniare i vivi!

VOCI DI CURIOSI (*tra la sorpresa generale*). — Ma chi è? — Chi è? — Che faccia, oh! - Pare un morto! — Un pazzo! — Chi sarà?

LO SPETTATORE MONDANO. È il barone Nuti! il barone Nuti!

VOCI DI CURIOSI. — E chi lo conosce? — Il barone Nuti? — Perché ha detto così?

LO SPETTATORE MONDANO. Ma come! Nessuno ha capito ancora che la commedia è *a chiave*?

UNO DEI CRITICI. A chiave? Come, a chiave?

LO SPETTATORE MONDANO. Ma sí! Il caso della Moreno! Tal quale! Tolto di peso dalla vita!

VOCI. — Della Moreno?

— E chi è?

— E via! La Moreno, l'attrice che è stata in Germania tanto tempo!

– Tutti sanno chi è, a Torino!

— Ah già! Quella del suicidio dello scultore La Vela, avvenuto qualche mese fa!

— Oh guarda! guarda! E Pirandello?

— Ma come! Pirandello si mette a scrivere adesso commedie a chiave?

— Pare! eh, pare!

— Non è la prima volta!

— Ma è legittimo trarre dalla vita l'argomento d'un'opera d'arte!

— Già, quando con essa, come ha detto quel signore, non si calpestino i morti e non si calunnino i vivi!

— Ma quel Nuti chi è?

LO SPETTATORE MONDANO. Quello per cui s'è ucciso il La Vela! E che doveva essere appunto suo cognato!

UN ALTRO DEI CRICI. Perché si mise veramente con la Moreno? alla vigilia delle nozze?

UNO DEI CONTRARI. Ma allora il fatto è identico! È enorme, perdio!

UN ALTRO. E ci sono dunque in teatro gli attori del dramma vero, della vita?

UN TERZO (*alludendo al Nuti e indicando perciò verso sinistra*). Eccolo là, uno!

LO SPETTATORE MONDANO. E la Moreno è su, nascosta in un palchetto di terza fila! S'è riconosciuta subito nella commedia! La tengono, la tengono, perché pare veramente impazzita! Ha lacerato coi denti tre fazzoletti! Griderà, vedrete! Farà qualche scandalo!

VOCI. — Sfido! Ha ragione!

— A vedersi messa in commedia!

— Il proprio caso sul palcoscenico!

— E anche quell'altro! Perdio, m'ha fatto paura!

— Ah, finisce male! finisce male!

Si sentiranno squillare i campanelli che annunziano la ripresa della rappresentazione.

— Oh, suonano! suonano!

— Comincia il secondo atto!

— Andiamo a sentire! andiamo a sentire!

Movimento generale verso l'interno della sala, con sommessi confusi commenti alla notizia che man mano si diffonde. Resteranno un po' indietro tre dei favorevoli, in tempo per assistere, nel corridojo già sgombrato dal pubblico, all'irruzione da sinistra della Moreno, scesa dal suo palchetto di terza fila e trattenuta da tre amici che vorrebbero condurla fuori del teatro per impedirle di fare uno scandalo. Gli usceri del teatro, dapprima impressionati, faranno poi cenni di tacere perché non sia disturbata la rappresentazione. I tre spettatori favorevoli si terranno in disparte ad ascoltare, stupiti e costernati.

LA MORENO.   No, no, lasciatemi! lasciatemi!

UNO DEGLI AMICI.   Ma è una pazzia! Che vorreste fare?

LA MORENO.   Voglio andare sul palcoscenico!

L'ALTRO.   Ma a far che? Siete pazza?

LA MORENO.   Lasciatemi!

IL TERZO.   Andiamo via piuttosto!

GLI ALTRI DUE.   Sí, sí, via! via! — Lasciatevi persuadere!

LA MORENO.   No! Voglio punire, debbo punire quest'infamia!

IL PRIMO.   Ma come? Davanti a tutto il pubblico?

LA MORENO.   Sul palcoscenico!

IL SECONDO.   Ah no, perdio! Non vi lasceremo commettere questa pazzia! —

LA MORENO.   Lasciatemi, vi dico! Voglio andare sul palcoscenico!

IL TERZO.   Ma gli attori sono già in iscena!

IL PRIMO.   Il second'atto è cominciato!

LA MORENO (*subito, cambiando*).   È cominciato? Voglio sentire allora! Voglio sentire!

E farà per ritornare verso sinistra.

GLI AMICI.   — Ma no, andiamocene! — Date ascolto a noi! — Sí, sí, via! via!

LA MORENO (*trascinandoseli dietro*).   No, risaliamo! risaliamo in palco, subito! Voglio sentire! Voglio sentire!

UNO DEGLI AMICI (*mentre scompariranno da sinistra*).   Ma perché volete seguitare a straziarvi?

UNO DEGLI USCERI (*ai tre spettatori favorevoli*).   Son matti?

IL PRIMO DEI FAVOREVOLI (*agli altri due*).   Avete capito?

IL SECONDO.   È la Moreno?

IL TERZO.   Ma dite un po', Pirandello è sul palcoscenico?

IL PRIMO.   Io scappo a dirgli che se ne vada. Questa sera non finisce bene certamente!

ATTO SECONDO

Siamo in casa di Francesco Savio, la mattina dopo; in una saletta di passaggio che dà su una spaziosa veranda, di cui il Savio si serve per tirarvi di scherma. Si vedranno perciò in essa, attraverso la grande vetrata che prenderà quasi tutta la parete di fondo della saletta, una pedana, una lunga panca per gli amici tiratori e spettatori, e poi maschere, guantoni, piastroni, fioretti, sciabole. Un tendone di tela verde, scorrendo sugli anelli dalla parte interna, tirato di qua e di là dall'uscio che sta in mezzo, potrà nascondere la veranda e appartare la saletta. Un altro tendone della stessa tela, sorretto da bacchette di ferro imbasate sulla balaustrata in fondo, escluderà la veranda dalla vista del giardino che si suppone di là da esso e che s'intravvederà un poco, allorché qualcuno, per scendervi, scosterà nel mezzo il tendone che cade anche sulla lunghezza della scalinata. La saletta di passaggio avrà per mobili soltanto alcune sedie a sdrajo di giunco laccato verde e due divanetti e due tavolinetti anch'essi di giunco. Due sole aperture: una finestra a sinistra e un uscio a destra, oltre quello che dà sulla veranda.

Al levarsi della tela si vedranno nella veranda Francesco Savio e il Maestro di scherma con le maschere, i piastroni e i guanti, che tirano di spada, e Prestino e altri Due Amici che stanno a guardare.

IL MAESTRO.   Allarghi, allarghi l'invito! — Attento a questa cavazione! — Bravo! Bella inquartata! — Attento ora: arresto! opposizione! — La finisca con codesti appelli, e lasci le finte! — Badi alla risposta! — Alt!

Smetteranno di tirare:

Una buona uscita in tempo; sí.

Si leveranno le maschere.

FRANCESCO.   E basta. Grazie, Maestro.

Gli stringerà la mano.

PRESTINO.   Basta, basta, sí!

IL MAESTRO (*levandosi il guanto e poi il piastrone*). Ma vedrà che non le riuscirà facile con Palegari che, quando propone, prevede —

IL PRIMO DEGLI AMICI. — e para a perfezione; stai attento!

L'ALTRO.   Ha un'azione vivacissima! Eh, altro!

FRANCESCO.   Ma sí, lo so!

Si toglierà anche lui il guanto e il piastrone.

IL PRIMO DEGLI AMICI. Tu destreggia, destreggia!

IL MAESTRO.   E ne cerchi il ferro di continuo.

FRANCESCO.   Lasci fare, lasci fare.

L'ALTRO.   L'unica, se ti vien fatto, è di tirare una imbroccata!

IL PRIMO.   No: un colpo d'arresto, un colpo d'arresto sarebbe il meglio, da' ascolto a me: vedrai

31

che s'infila!

IL MAESTRO.   Mi compiaccio intanto con lei: ha bellissime cavate.

PRESTINO.   Segui il mio consiglio: non proporti nulla. Ve la caverete al solito con un polsino. Dacci da bere, piuttosto, alla tua salute.

Verrà con gli altri nella saletta.

FRANCESCO.   Sí, sí, ecco.

*Premerà alla parete un campanello elettrico;
poi rivolgendosi al maestro:*

Lei, Maestro, desidera?

IL MAESTRO.   Ah, io niente. Non bevo mai di mattina.

FRANCESCO.   Ho un'ottima birra.

PRESTINO.   Bravo, sí!

IL PRIMO.   Vada per la birra!

Si presenterà sull'uscio di destra il Cameriere.

FRANCESCO.   Portaci subito qualche bottiglia di birra.

*Il Cameriere si ritirerà per ritornare poco dopo con una bottiglia e varii bicchieri in un vassojo:
mescerà, servirà e si ritirerà.*

IL PRIMO.   Sarà il piú buffo duello di questo mondo, te ne puoi vantare!

L'ALTRO.   Già! Credo che non si sia mai dato il caso di due che si battono perché disposti a darsi reciprocamente ragione.

PRESTINO.   Ma naturalissimo!

IL PRIMO.   No: come, naturalissimo?

PRESTINO.   Erano su due vie opposte; si sono voltati tutt'e due a un tempo per venir ciascuno sulla via dell'altro, e per forza allora si sono scontrati — urtati —

IL MAESTRO.   — certo! Se chi prima accusava ora voleva difendere, e viceversa; servendosi l'uno delle ragioni dell'altro —

IL PRIMO.   — ne siete sicuri?

FRANCESCO.   Ti prego di credere che ero andato a lui col cuore in mano, e —

IL PRIMO.   — non per la considerazione? —

FRANCESCO.   — no, no — alieno —

IL PRIMO.   — no, dico, che avevi commesso inavvertitamente uno sproposito accusando con tanto accanimento la Morello? —

FRANCESCO.   — ma no! Se io —

IL PRIMO.   — aspetta, santo Dio! — dico, senza tener conto di ciò che saltava evidentissimo agli occhi di tutti, quella sera? -

L'ALTRO.   — che lui la difendeva perché ne è innamorato? —

FRANCESCO.   — ma nient'affatto! — E appunto per questo è avvenuto l'urto tra noi due! Per non aver fatto questa considerazione né prima né dopo. Si fa la figura degli imbecilli... E poi si è giudicati cosí, per esserci lasciati cogliere in un momento — in un atto spontaneo — che sta portando ora tutte queste ridicole conseguenze. — Contavo di andare oggi a riposarmi in campagna da mia sorella e mio cognato che m'aspettano!

PRESTINO.   Aveva discusso la sera avanti spassionatamente —

FRANCESCO.   — senza veder altro, vi giuro, che le mie ragioni, e senza il minimo sospetto che potesse esserci in lui un sentimento segreto!

L'ALTRO.   Ma c'è poi davvero?

IL PRIMO.   C'è! c'è!

PRESTINO.   Dev'esserci di sicuro!

FRANCESCO.   Se l'avessi sospettato non sarei andato a casa sua a riconoscere le sue ragioni, con la certezza che l'avrei irritato!

L'ALTRO (*con forza*).   Io volevo — aspettate! — io volevo dire intanto —

resterà in tronco, smarrito, tutti lo guarderanno,
sospesi.

IL PRIMO (*dopo avere atteso un po'*)   — che cosa? —

L'ALTRO.   — una cosa... Oh perdio! non ricordo piú.

Si presenterà a questo punto sulla soglia dell'uscio
a destra Diego Cinci:

DIEGO. Permesso?

FRANCESCO (*restando*).   Oh! Diego... tu?

PRESTINO.   Non ti manda nessuno?

DIEGO (*scrollandosi*). Chi vuoi che mi mandi? — Buon giorno, Maestro.

IL MAESTRO.   Buon giorno, caro Cinci... Ma io vado.

Stringendo la mano al Savio:

A rivederla domattina, caro Savio. E stia tranquillo, eh?

FRANCESCO.   Tranquillissimo, non dubiti. Grazie.

IL MAESTRO (*agli altri, salutando*).   Signori, mi dispiace lasciar la compagnia; ma debbo andare.

Gli altri risponderanno al saluto.

FRANCESCO.   Guardi, Maestro, se vuole, può andar via di qua —

indicherà l'uscio della veranda

— scosti la tenda là in fondo; c'è la scalinata; sarà subito in giardino.

33

IL MAESTRO.   Ah, grazie: farò così. Buon giorno a tutti.

Via

IL PRIMO (*a Diego*).   Ci aspettavamo che tu facessi da padrino a Doro Palegari.

DIEGO (*farà prima segno di no, col dito*).   Non ho voluto. Mi sono trovato in mezzo, jersera. Amico dell'uno e dell'altro, ho voluto restare estraneo.

L'ALTRO.   E perché sei venuto adesso?

DIEGO. Per dire che sono felicissimo che vi battiate.

PRESTINO.   Felicissimo è troppo!

Gli altri rideranno.

DIEGO. E vorrei che si ferissero, tutti e due, senza serie conseguenze. Un piccolo salasso sarebbe salutare. E poi almeno si vede, una feritina: è cosa di cui si può esser certi: due, tre centimetri, cinque...

Prenderà un braccio a Francesco e gli solleverà un poco la manica.

Ti scopri il polso. Non ci hai niente. E domattina ce l'avrai, qua, una bella feritina, che te la potrai contemplare.

FRANCESCO.   Grazie della bella consolazione!

Gli altri torneranno a ridere.

DIEGO (subito).   E anche lui, speriamo! anche lui — non bisogna essere egoisti! — Vi faccio sbalordire. Sapete che visita ha avuto Palegari dopo che tu te ne sei andato e io ti son corso dietro?

PRESTINO.   Di Delia Morello?

L'ALTRO.   Sarà andata a ringraziarlo della difesa!

DIEGO. Già. Se non che — conosciuta la ragione per cui tu la accusavi — sai che ha fatto?

FRANCESCO.   Che ha fatto?

DIEGO. Ha riconosciuta giusta la tua accusa.

FRANCESCO, PRESTINO E IL PRIMO (*a un tempo*).   — Ah sí? – Oh bella! — E lui, Doro?

DIEGO. Potete figurarvi come sia rimasto.

L'ALTRO.   Non deve saper piú, ormai, perché si batte!

FRANCESCO.   No: questo lo sa! Si batte perché m'ha insultato, in tua presenza; quando io, come dicevo qua agli amici e come tu stesso hai potuto vedere, sinceramente ero andato da lui per riconoscere che aveva ragione.

DIEGO. E ora?

FRANCESCO.   Ora, che cosa?

DIEGO.   Ora che sai che Delia Morello dà invece ragione a te?

FRANCESCO.   Ah, ora — se lei stessa...

DIEGO. No, caro! no, caro! Sostieni la tua parte, perché ora piú che mai è da difendere Delia Morello!

34

E devi difenderla proprio tu che prima l'accusavi!

PRESTINO.   Contro lei stessa che s'accusa davanti a che prima voleva difenderla?

DIEGO. Appunto, appunto per questo! La mia ammirazione per lei s'è centuplicata appena ho saputo questo!

Di scatto voltandosi a Francesco:

— Chi sei tu?

A Prestino:

– Chi sei tu? — Chi sono io? — Tutti quanti, qua? — Tu ti chiami Francesco Savio; io Diego Cinci; tu, Prestino. — Sappiamo di noi reciprocamente e ciascuno sa di sé qualche piccola certezza d'oggi, che non è quella di jeri, che non sarà quella di domani —

a Francesco:

tu vivi di rendita e t'annoi —

FRANCESCO.   — no: chi te lo dice? —

DIEGO. — non t'annoi? Tanto meglio. — Io mi sono ridotto l'anima, a furia di scavare, una tana di talpa.

A Prestino:

Tu che fai?

PRESTINO.   Niente.

DIEGO. Bella professione! — Ma anche quelli che lavorano, cari miei, la gente seria, tutti, tutti quanti: la vita, dentro e fuori di noi — andateci, andateci appresso! — è una tale rapina continua, che se non han forza di resistervi neppure gli affetti piú saldi, figuratevi le opinioni, le finzioni che riusciamo a formarci, tutte le idee che appena appena, in questa fuga senza requie, riusciamo a intravedere! Basta che si venga a sapere una cosa contraria a quella che sapevamo, Tizio era bianco? e diventa nero; o che si abbia un'impressione diversa, da un'ora all'altra; o una parola basta tante volte, detta con questo o con quel tono. E poi le immagini di cento cose che ci attraversano di continuo la mente e che, senza saperlo, ci fanno d'improvviso cangiar d'umore. Andiamo tristi per una strada già invasa dall'ombra delle sera; basta alzar gli occhi a una loggetta ancora accesa di sole, con un geranio rosso che brucia in quel sole e — chi sa che sogno lontano c'intenerisce a un tratto...

PRESTINO.   E che vuoi concludere con questo?

DIEGO. Niente. Che vuoi concludere, se è cosí? Per toccare qualche cosa e tenerti fermo, ricaschi nell'afflizione e nella noja della tua piccola certezza d'oggi, di quel poco che, a buon conto, riesci a sapere di te: del nome che hai, di quanto hai in tasca, della casa che abiti: le tue abitudini, i tuoi affetti — tutto il consueto della tua esistenza — col tuo povero corpo che ancora si muove e può seguire il flusso della vita, fino a tanto che il movimento, che a mano a mano si va rallentando e irrigidendo sempre piú con la vecchiaja, non cesserà del tutto, e buona notte!

FRANCESCO.   Ma tu stavi parlando di Delia Morello —

DIEGO. — ah, sí — per dirvi tutta la mia ammirazione — e che almeno è una gioja — una bella gioja spaventosa — quando, investiti dal flusso in un momento di tempesta, assistiamo al crollo di tutte quelle forme fittizie in cui s'era rappresa la nostra sciocca vita quotidiana; e sotto gli argini, oltre i limiti che ci eran serviti per comporci comunque una coscienza, per costruirci una personalità qualsiasi, vediamo anche quel tanto del flusso che non ci scorreva dentro ignoto, che ci si scopriva distinto perché lo avevamo incanalato con cura nei nostri affetti, nei doveri che ci eravamo imposti, nelle abitudini che ci eravamo tracciate, straripare in una magnifica piena vorticosa e sconvolgere e travolgere tutto. — Ah, finalmente! — L'uragano, l'eruzione, il terremoto!

Tutti (*a coro*).　　　　　— Ti sembra bello? — Ah, grazie tante! — Alla larga! — Dio ci scampi e liberi!

Diego. Cari miei, dopo la farsa della volubilità, dei nostri ridicoli mutamenti, la tragedia di un'anima scompigliata, che non sa piú come raccapezzarsi! — E non è lei sola. —

A Francesco:

Vedrai che ti piomberanno addosso qua, come due ire di Dio, l'una e l'altro —

Francesco.　　— l'altro? chi? Michele Rocca?

Diego. Lui, lui: Michele Rocca.

Il primo.　　　　È arrivato jersera da Napoli!

L'altro.　　　　Ah, ecco! Ho saputo che cercava Palegari per schiaffeggiarlo — volevo dirvi questo poco fa! Cercava Palegari per schiaffeggiarlo!

Prestino.　　　　Ma sí, già lo sapevamo! —

A Francesco:

Te l'avevo detto.

Francesco (*a Diego*).　　　　E perché dovrebbe venire qua da me, adesso?

Diego. Perché vuol battersi lui, prima di te, con Doro Palegari. Ma ora — eh già! dovrebbe battersi con te, invece — ora —

Francesco.　　— con me? —

Gli altri insieme.　　— come? come?

Diego. — eh sí! se tu sinceramente ti sei ricreduto, facendo tuoi, dunque, tutti i vituperii scagliati da Palegari contro di lui, in casa Avanzi — è chiaro! — invertite le parti — Rocca ora dovrebbe schiaffeggiar te.

Francesco.　　Piano! piano! che diavolo dici?

Diego. Scusa: tu ti batti con Doro soltanto perché t'ha insultato, è vero? — Ora perché t'ha insultato Doro?

Il primo e l'altro (*senza lasciarlo finire*).　　— Eh già sí! è giusto! — Diego ha ragione!

Diego. Invertite le parti, tu resti a difender Delia Morello, incolpando perciò di tutto Michele Rocca.

Prestino (*urtato*).　　Ma non scherzare!

Diego. Scherzo?

A Francesco:

Per conto mio ti puoi vantare di stare dalla parte della ragione.

Francesco.　　E vuoi che mi batta anche con Michele Rocca?

DIEGO. Ah, no! L'affare allora diventerebbe veramente serio. La disperazione di questo disgraziato —

IL PRIMO.   — col cadavere del Salvi tra lui e la sorella sua fidanzata —

L'ALTRO.   — il matrimonio andato a monte —

DIEGO. — e Delia Morello che se l'è giocato!

FRANCESCO (*con irritazione irrompente*).   Come, «giocato»? Ah, tu dici ora «giocato»?

DIEGO. Che si sia servita di lui, è innegabile —

FRANCESCO.   — perfidamente, dunque — come sostenevo io prima!

DIEGO (*con riprovazione per arrestarlo*).   Àh-àh-àh-àh-àh, no, senti: l'irritazione che provi per l'impiccio in cui ti sei cacciato, non deve ora farti cangiare un'altra volta!

FRANCESCO.   Ma nient'affatto! Scusa, hai detto tu stesso che è andata a confessare a Doro Palegari che avevo indovinato io, accusandola di perfidia!

DIEGO. Lo vedi? lo vedi?

FRANCESCO.   Che vedo, fammi il piacere! Se vengo a sapere che lei stessa s'accusa da sé e mi dà ragione, sicuro che cambio e ritorno alla mia prima opinione! -

Rivolgendosi agli altri:

Non vi pare? Non vi pare?

DIEGO (*con forza*).   Ma io ti dico che s'è servita di lui — sí, magari perfidamente, come tu vuoi — solo per liberare Giorgio Salvi dal pericolo di sposarla! Tu capisci? Non puoi assolutamente sostenere che sia stata perfida anche contro il Salvi — questo no! — e sono pronto a difenderla io, anche se lei stessa s'accusa; contro lei stessa – sí, sí —

FRANCESCO (*concedendo irritato*).   — per tutte le ragioni — va bene — per tutte le ragioni trovate da Doro Palegari —

DIEGO. — per cui tu ti sei —

FRANCESCO.   — ricreduto, va bene, ricreduto. Ma resta che con Rocca intanto fu veramente perfida!

DIEGO. Fu donna! lascia andare! Egli le andò incontro con l'aria di giocarsela, e lei allora si giocò lui! Ecco quello che sopratutto cuoce a Michele Rocca: la mortificazione del suo amor proprio maschile! Non vuole ancora rassegnarsi a confessare d'essere stato un giocattolo sciocco in mano a una donna: un pagliaccetto che Delia Morello buttò via in un canto, fracassandolo, dopo essersi spassata a fargli aprire e chiudere le braccia in atto di preghiera, premendogli con un dito sul petto la molla a mantice della passione. S'è rimesso su, il pagliaccetto: la faccina, le manine di porcellana, ridotte una pietà: senza dita, le manine; la faccina, senza naso, tutta crepe, scheggiata: la molla del petto ha forato il giubbetto di raso rosso, è scattata fuori, rotta; eppure, no, ecco: il pagliaccetto grida di no, che non è vero che quella donna gli ha fatto aprire e chiudere le braccia per riderne e che, dopo averne riso, l'ha fracassato: dice di no! di no! — Io vi domando se ci può essere uno spettacolo piú commovente di questo!

PRESTINO (*scattando e venendogli quasi con le mani in faccia*).   E perché allora ne vorresti far ridere, buffone?

DIEGO (*restando, con gli altri che mirano Prestino, sbalorditi*).   Io?

PRESTINO.   Tu! tu, sí! Dacché sei entrato, fai qua il buffone, tentando di mettere in berlina lui, me, tutti!

DIEGO. Ma anche me, sciocco!

37

PRESTINO.   Sciocco tu! È facile ridere cosí! Rappresentandoci come tanti mulinelli che, soffia un po' di vento, e girano per il verso opposto! Non posso sentirlo parlare! Che so? Mi pare che si bruci l'anima, parlando, come certe false tinte bruciano le stoffe.

DIEGO. Ma no, caro, io rido, perché —

PRESTINO.   — perché ti sei scavato il cuore come una tana di talpa: l'hai detto tu stesso; e non ci hai piú nulla dentro — ecco perché!

DIEGO. Lo credi tu!

PRESTINO.   Lo credo perché è vero! — E anche se fosse vero quello che tu dici, che siamo cosí, mi pare che dovrebbe ispirar tristezza, compassione —

DIEGO (*scattando a sua volta, aggressivo, posandogli le mani sulle spalle e guardandolo negli occhi, fisso, da vicino*).   — sí — se ti fai guardar cosí —

PRESTINO (*restando*). — come?

DIEGO. — cosí, dentro gli occhi - cosí! — no — guardami — cosí — nudo come sei, con tutte le miserie e le brutture che hai dentro — tu come me — le paure, i rimorsi, le contraddizioni! — Staccalo da te il pagliaccetto che ti fabbrichi con l'interpretazione fittizia dei tuoi atti e dei tuoi sentimenti, e t'accorgerai subito che non ha nulla da vedere con ciò che sei o puoi essere veramente, con ciò che è in te e che tu non sai, e che è un dio terribile, bada, se ti opponi a esso, ma che diventa invece subito pietoso d'ogni tua colpa se t'abbandoni e non ti vuoi scusare. — Eh, ma quest'abbandono ci sembra un «negarci», cosa indegna di un uomo; e sarà sempre cosí, finché crediamo che l'umanità consista nella cosí detta coscienza — o nel coraggio che abbiamo dimostrato una volta, invece che nella paura che ci ha consigliato tante volte d'esser prudenti. — Tu hai accettato di rappresentare Savio in questo stupido duello con Palegari. —

Subito, al Savio:

E tu hai creduto che Palegari lo dicesse a te «pulcinella» jersera, in quel momento? Lo diceva a se stesso! Non l'hai capito. Al pagliaccetto che non scorgeva in sé, ma vedeva in te che gli facevi specchio! — Rido... Ma io rido cosí; e il mio riso ferisce prima di tutti me stesso.

Pausa. Restano tutti come assorti a pensare, ciascuno a sé. E ciascuno, poi, tra una pausa e l'altra, parlerà come per sé soltanto.

FRANCESCO.   Certo, io non ho nessun vero astio contro Doro Palegari. Mi ha trascinato lui...

PRESTINO (*dopo un'altra pausa*).   Tante volte bisogna anche far vista di credere. Non deve scemare, anzi crescere la pietà, se la menzogna ci serve per piangere di piú.

IL PRIMO (*dopo un'altra pausa, come se leggesse nel pensiero Francesco Savio*). Chi   sa,   la campagna... come dev'essere bella adesso...

FRANCESCO (*spontaneamente, senza sorpresa, come per scusarsi*).   Ma se avevo fin anche comprato i giocattoli per portarli alla mia nipotina!

L'ALTRO.   È ancora cosí bellina come l'ho conosciuta io?

FRANCESCO.   Piú bella! Un amore di bimba... Limpida! Dio, che bellezza!

Cosí dicendo, ha estratto da una scatola un orsacchiotto; gli ha dato la carica; e ora lo posa sul pavimento per farlo saltare, tra la risata degli amici.
Dopo la risata, una pausa, triste.

DIEGO (*a Francesco*).   Senti: se io fossi in te…

È interrotto dal Cameriere che si presenta sulla soglia dell'uscio a destra.

CAMERIERE.   Permesso?

FRANCESCO.   Che cos'è?

CAMERIERE.   Avrei da dirle una cosa…

FRANCESCO (*gli s'avvicinerà e ascolterà ciò che il cameriere gli dirà piano; poi, contrariato*).
     Ma no! Ora?

E si volterà a guardare gli amici, incerto, perplesso.

DIEGO (*subito*).   È lei?

PRESTINO.   Tu non puoi riceverla: non devi!

IL PRIMO.   Già — mentre pende la vertenza —

DIEGO. — ma no! non è mica per lei, la vertenza!

PRESTINO.   Come no? La causa à lei! Insomma, io che ti rappresento ti dico di no, che non devi
     riceverla!

L'ALTRO.   Ma una signora non si rimanda cosí — senza neanche sapere ciò che viene a fare,
     scusate!

DIEGO. Io non dico piú niente.

IL PRIMO (*a Francesco*).   Potresti sentire —

L'ALTRO.   — ecco — e se per caso —

FRANCESCO.   — accennasse a voler parlare della vertenza? —

PRESTINO.   — troncare subito!

FRANCESCO.   — ma io, per me, la mando al diavolo, figurati!

PRESTINO.   Sta bene. Vai, vai.

Francesco uscirà, seguito dal Cameriere.

DIEGO. L'unica per me sarebbe ch'egli le consigliasse di…

*A questo punto, scostando furiosamente la tenda della veranda, irromperà dal giardino Michele
Rocca in preda a una fosca agitazione a stento contenuta. È sui trent'anni, bruno, macerato dai
rimorsi e dalla passione. Dal suo viso alterato, da tutti i suoi modi apparirà chiaro che è pronto a
ogni eccesso.*

ROCCA.   Permesso?

Sorpreso di trovarsi tra tanti che non s'aspettava.

È qua? Dove sono entrato?

PRESTINO (*tra lo sbalordimento degli altri e suo*).   Ma chi è lei, scusi?

ROCCA.   Michele Rocca.

DIEGO. Ah, eccolo!

ROCCA (*a Diego*).   Lei è il signor Francesco Savio?

DIEGO. Io no. Savio è di là.

Indicherà l'uscio a destra.

PRESTINO.   Ma lei scusi, com'è entrato qua — cosí?

ROCCA.   M'hanno indicato quest'entrata.

DIEGO. Il portinajo — credendolo forse uno degli amici —

ROCCA.   Non è entrata qua, prima di me, una signora?

PRESTINO.   Ma che forse lei la inseguiva?

ROCCA.   La inseguivo, sissignore! Sapevo che doveva recarsi qua.

DIEGO. E anch'io! E anche la sua venuta ho previsto, sa!

ROCCA.   Sono state dette di me cose atroci. So che il signor Savio, senza conoscermi, mi ha difeso. Ora egli non deve; non deve ascoltare quella donna, senza prima sapere da me come stanno veramente le cose!

PRESTINO.   Ma ormai è inutile, caro signore!

ROCCA.   No! Come, inutile?

PRESTINO.   Inutile, sí, sí, inutile qualunque intromissione!

IL PRIMO.   C'è una sfida accettata —

L'ALTRO.   — le condizioni stabilite —

DIEGO. — e gli animi radicalmente mutati.

PRESTINO (*irritatissimo, a Diego*).   Ti prego di non immischiarti e smettila, perdio, una buona volta!

IL PRIMO.   Che gusto a ingarbugliare peggio le cose!

DIEGO. Ma no; anzi! È venuto qua credendo che Savio lo abbia difeso — gli faccio sapere che ora non lo difende piú.

ROCCA.   Ah! Ora m'accusa anche lui?

DIEGO. Ma non lui solo, creda!

ROCCA.   Anche lei?

DIEGO. Anch'io, sissignore. E tutti, qua, come può vedere.

ROCCA.   Sfido! Hanno parlato finora con quella donna!

DIEGO. No no, sa? Nessuno di noi. E neanche Savio, che sta a sentirla di là, ora, per la prima volta.

ROCCA.   E come allora m'accusano? Anche il signor Savio che prima mi difendeva? E perché si batte egli allora col signor Palegari?

DIEGO. Caro signore, in lei — lo capisco — assume — assume forme impressionanti, ma creda che — come dicevo — la pazzia è veramente un po' in tutti. Si batte, se vuol saperlo, proprio perché s'è ricreduto sul suo conto.

IL PRIMO (*di scatto, con gli altri*).   Ma no! Non gli dia retta! —

L'ALTRO.   — si batte perché dopo il chiasso della sera avanti, il Palegari se n'è irritato —

40

IL PRIMO (*incalzando*).   — e l'ha insultato —

PRESTINO (*c.s.*).   — e il Savio ha raccolto l'insulto e l'ha sfidato —

DIEGO (*dominando tutti*).   — pur essendo oramai tutti d'accordo —

ROCCA (*subito, con forza*).   — nel giudicar me, senza avermi sentito? Ma come ha potuto quest'infame donna tirarsi tutti cosí dalla sua?

DIEGO. Tutti, sí — tranne se stessa però.

ROCCA.   Tranne sé stessa?

DIEGO. Ah, che! Non creda che ella sia da questa parte o da quella. Ella non sa proprio da che parte sia. — E guardi bene anche in sé, signor Rocca, e vedrà che anche lei forse non è da nessuna parte.

ROCCA.   Lei ha voglia di scherzare! — M'annunziino — ne prego qualcuno di loro — m'annunziino al signor Savio.

PRESTINO.   Ma che cosa gli vuol dire? Le ripeto che è inutile!

ROCCA.   E che ne sa lei? Se ora m'è contrario anche lui, tanto meglio!

PRESTINO.   Ma se è di là, adesso, con la signora —

ROCCA.   — tanto meglio anche questo! Io l'ho seguita qua apposta. Forse è una fortuna per lei ch'io la incontri in presenza d'altri — d'un estraneo che il caso ha voluto tirare in mezzo a noi due — cosí... Oh Dio!, deciso a tutto ero, come un cieco, e... — e per il solo fatto di trovarmi ora qua, inopinatamente, in mezzo a loro, e di dover parlare, rispondere... m... mi sento come... come allargato l'animo... alleggerito... Non parlavo piú con nessuno da tanti giorni! E lor signori non sanno che inferno mi divampa dentro! — Io ho voluto salvare quello che mi doveva essere cognato, ch'io già amavo come un fratello!

PRESTINO.   Salvarlo? Alla grazia! —

IL PRIMO.   — portandogli via la fidanzata? —

L'ALTRO.   — alla vigilia delle nozze?

ROCCA.   No! no! M'ascoltino! Che portargli via! Che fidanzata! — Non ci voleva mica molto a salvarlo! Bastava dimostrargli, fargli toccar con mano che quella donna che egli voleva far sua sposandola, poteva esser sua, com'era stata d'altri, come potrebbe essere di chiunque di loro, senza bisogno di sposarla!

PRESTINO.   Ma lei intanto gliela prese!

ROCCA.   Sfidato! sfidato!

IL PRIMO.   Come!

L'ALTRO.   Da chi, sfidato?

ROCCA.   Sfidato da lui! Mi lascino dire! D'accordo con la sorella, con la madre — dopo la presentazione ch'egli fece di lei alla famiglia, violentando tutti i suoi sentimenti piú puri — io — d'accordo, ripeto, con la sorella e con la madre — seguii l'uno e l'altra a Napoli con la scusa d'ajutarli a metter su casa (dovevano sposare tra qualche mese). — Fu per uno dei soliti dissapori che avvengono tra fidanzati. Ella, infuriata, s'allontanò da lui qualche giorno.

Improvvisamente, come per una visione tentatrice che gli fa orrore, si nasconderà gli occhi.

Dio mio — la vedo come se ne andò...

Scoprirà gli occhi, più che mai turbato:

… perché ero presente alla lite.

Ripigliandosi:

Io colsi allora il momento che mi parve piú opportuno per dimostrare a Giorgio la pazzia che stava per commette. — È incredibile, sí! è incredibile! — Per la tattica comunissima a tutte codeste donne, ella non aveva mai voluto concedere a lui neanche il minimo favore —

IL PRIMO (*intentissimo con tutti gli altri al racconto*).   — s'intende!...

ROCCA.   — e a Capri gli s'era mostrata cosí sdegnosa di tutti, appartata e altera! — Ebbene — mi sfidò — lui, lui — mi sfidò, capite? — mi sfidò a fargli la prova di quanto io gli dicevo, promettendomi che, avuta la prova, si sarebbe allontanato da lei, troncando tutto. — E invece, s'uccise!

IL PRIMO.   Ma come? — e lei si prestò?

ROCCA.   — sfidato! per salvarlo! —

L'ALTRO.   Ma allora, il tradimento? —

ROCCA.   — orribile! orribile! —

L'ALTRO.   — lo fece lui a lei? —

ROCCA.   — lui! lui! —

L'ALTRO.   — uccidendosi! —

PRESTINO.   — incredibile! — Ah, è incredibile! —

ROCCA.   — ch'io mi sia prestato? —

PRESTINO.   — no! che egli abbia permesso a lei di prestarsi a dargli una simile prova! —

ROCCA.   — apposta! perché s'era accorto subito, sa? che ella fin dal primo momento che mi vide accanto alla fidanzata, malvagiamente aveva cercato d'attirarmi, d'attirarmi a sé, avvolgendomi nella sua simpatia. E me lo fece notare — lui, lui stesso, Giorgio! Cosicché mi fu facile — capiscono? — fargli la proposta in quel momento; dirgli: « — Ma se tu sai bene che si metterebbe anche con me!».

PRESTINO.   E allora — oh perdio! — egli volle quasi sfidare sé stesso?

ROCCA.   Avrebbe dovuto gridarmi, farmi capire ch'era già avvelenato per sempre, e ch'era inutile ch'io mi provassi ormai a strappare i denti del veleno a quella vipera là!

DIEGO (*scattando*).   Ma no, che vipera, scusi!

ROCCA.   Una vipera! una vipera!

DIEGO. Troppa ingenuità, caro signore, per una vipera! Rivolgere a lei cosí presto — subito, anzi — i denti del veleno!

PRESTINO.   Tranne che non l'abbia fatto apposta per cagionare la morte di Giorgio Salvi!

ROCCA.   Forse!

DIEGO. E perché? Se già era riuscita nell'intento di costringerlo a sposarla! Le pare che potesse convenirle di farsi strappare i denti prima d'ottenere lo scopo?

ROCCA.   Ma non lo sospettava!

DIEGO. E che vipera, allora, via! Vuole che una vipera non sospetti? Avrebbe morso dopo, una vipera, non prima! Se ha morso prima, vuol dire che — o non era una vipera — o per Giorgio Salvi volle perdere i denti del veleno.

ROCCA.   Ma dunque lei crede? —

DIEGO. Me lo fa credere lei, scusi; che ritiene perfida quella donna! A stare a ciò che lei dice, per una perfida non è logico ciò che ha fatto! Una perfida che vuole le nozze e prima delle nozze si dà a lei cosí facilmente —

ROCCA (*balzando*).   — si dà a me? Chi le ha detto che si sia data a me? Io non l'ho avuta, non l'ho avuta! Crede ch'io abbia potuto pensare d'averla?

DIEGO (*sbalordito, con gli altri*).   Ah, no?

GLI ALTRI.   E come? E allora?

ROCCA.   Io dovevo avere soltanto la prova, che non sarebbe mancato per lei! una prova da mostrare a lui —

Si aprirà a questo punto l'uscio a destra e apparirà, turbato e concitatissimo, Francesco Savio, che è stato di là con Delia Morello, la quale, pur di raggiungere l'intento di non farlo battere con Doro Palegari, l'ha come ubriacato di sé. Egli investe subito, risoluto,
Michele Rocca.

FRANCESCO.   Che cos'è? Che cosa vuole lei qua? Che ha tanto da gridare in casa mia?

ROCCA.   Sono venuto per dirle —

FRANCESCO.   — lei non ha nulla da dire a me!

ROCCA.   S'inganna! Io devo parlare e non a lei soltanto —

FRANCESCO.   Non s'arrischi, perdio, di minacciare!

ROCCA.   Ma io non minaccio! Ho chiesto di parlarle —

FRANCESCO.   Lei ha inseguito fina a casa mia una signora —

ROCCA.   Ho spiegato qua ai suoi amici —

FRANCESCO.   Che vuole che m'importi delle sue spiegazioni! L'ha inseguita, non lo neghi!

ROCCA.   Sí! perché se lei vuol battersi col signor Palegari —

FRANCESCO.   — ma che battermi! Io non mi batto piú con nessuno!

PRESTINO (*sbalordito*).   Come! che dici?

FRANCESCO.   Non mi batto piú!

IL PRIMO, DIEGO, L'ALTRO (*insieme*). — Ma sei pazzo? — Dici sul serio? — È enorme!

ROCCA (*contemporaneamente, piú forte, sghignazzando*).   Eh sfido! L'ha sedotto! L'ha sedotto!

FRANCESCO (*facendo per scagliarglisi addosso*).   Si taccia, o io…

PRESTINO (*parandoglisi di fronte*).   — no! Rispondi prima a me! Non ti batti piú con Palegari?

FRANCESCO.   No. Perché non debbo per una sciocchezza da nulla aggravare ora la disperazione di una donna!

PRESTINO.   Ma lo scandalo sarà peggio, se tu non ti batti! Col verbale delle condizioni di scontro già firmato!

FRANCESCO.   Ma è ridicolo ch'io mi batta ormai con Palegari!

PRESTINO.   Come, ridicolo?

FRANCESCO.   Ridicolo! Ridicolo! Se siamo d'accordo! E tu lo sai bene! Appena puoi trovarti in mezzo a una di queste pagliacciate, per te è una festa!

PRESTINO.   Ma se sei stato tu, tu a sfidare Palegari perché t'ha insultato?

FRANCESCO.   Stupidaggini! L'ha detto Diego! — Basta!

PRESTINO.   È incredibile! È incredibile!

ROCCA.   L'ha promesso a lei di non battersi col suo paladino!

FRANCESCO.   Sí! Ora che ho davanti lei —

ROCCA.   — per cui le ha fatto una promessa contraria? —

FRANCESCO.   — no! che viene a provocarmi fino in casa! Che cosa vuole qua da quella signora?

PRESTINO.   Lascia!

FRANCESCO.   La insegue da jersera!

PRESTINO.   Ma tu non puoi batterti con lui!

FRANCESCO.   Nessuno potrà dire che mi scelgo un avversario meno temibile!

PRESTINO.   No, caro! Perché se vado io, ora, a mettermi a disposizione di Palegari in vece tua —

IL PRIMO (*gridando*).   — per te sarà la squalifica!

PRESTINO.   — la squalifica!

ROCCA.   Ma io posso passar sopra anche alla squalifica!

IL PRIMO.   No! Perché avrebbe di fronte noi, allora, che lo abbiamo squalificato!

PRESTINO (*a Francesco*).   E non troverai nessuno che ti voglia rappresentare! — Hai ancora tutto il giorno per pensarci! Io non posso piú stare qua e me ne vado!

DIEGO. Ma sí, ci penserà! ci penserà!

PRESTINO (*agli altri due*).   Andiamo noi! andiamo via!

Via tutti e tre per il giardino in fondo.

DIEGO (*li seguirà un po', raccomandando*).   Calma, calma, signori miei! Non precipitate le cose!

Poi rivolgendosi a Francesco:

E tu bada a quello che fai!

FRANCESCO.   Vattene al diavolo anche tu!

Investendo Rocca:

E lei, via, via! fuori di casa mia! Sono ai suoi ordini, quando e come vuole!

Apparirà a questo punto sulla soglia dell'uscio a destra Delia Morello. Appena ella scorgerà Michele Rocca cosí cangiato da quello che era, divenuto un altro, si sentirà d'improvviso cadere dagli occhi, dalle mani la menzogna di cui s'è armata finora per difendersi contro la segreta violenta passione da cui forsennatamente fin dal primo vedersi l'uno e l'altra sono stati attratti e presi, e che han voluto mascherare davanti a se stessi di pietà, d'interesse per Giorgio Salvi, gridando d'aver voluto, ciascuno a suo modo e l'una contro l'altro, salvarlo. Nudi ora di questa menzogna, l'una di fronte all'altro, per la pietà che d'improvviso s'ispireranno, smorti e tremanti si guarderanno un poco.

ROCCA (*quasi gemendo*).   Delia... Delia...

E andrà a lei per abbracciarla.

DELIA (*abbandonata, lasciandosi abbracciare*).   No... no... Ti sei ridotto cosí?

*E tra lo stupore e l'orrore degli altri due,
s'abbracceranno freneticamente.*

ROCCA.   Delia mia!

DIEGO. Ecco il loro odio! Ah, per questo? Vedi? Vedi?

FRANCESCO.   Ma è assurdo! È mostruoso! C'è tra loro il cadavere d'un uomo!

ROCCA (*senza lasciarla, voltandosi come una belva sul pasto*).   È mostruoso, sí! Ma deve stare con me! Soffrire con me! con me!

DELIA (*presa d'orrore, svincolandosi ferocemente*). No! no! vattene! vattene! lasciami!

ROCCA (*trattenendola, c.s.*).   No! Qua con me! con la mia disperazione! Qua!

DELIA (*c.s.*).   Lasciami, ti dico! lasciami! Assassino!

FRANCESCO.   La lasci, perdio! la lasci!

ROCCA.   Lei non mi s'accosti!

DELIA (*riuscendo a svincolarsi*).   Lasciami!

E mentre Francesco e Diego trattengono Michele Rocca, che vorrebbe avventarsi su lei:

— Non ti temo! Non ti temo! No, no! Nessun male mi può venire da te, neanche se m'uccidi!

ROCCA (*contemporaneamente, trattenuto dai due, griderà*).   Delia! Delia! Ho bisogno d'aggrapparmi a te! di non essere piú solo!

DELIA (*c.s.*).   Non sento nulla! Mi sono illusa di sentire compassione, paura... no! non è vero!

ROCCA (*c.s.*).   Ma io impazzisco! lasciatemi!

DIEGO E FRANCESCO. Sono due belve! — È uno spavento!

DELIA. Lasciatelo! Non lo temo! Freddamente mi sono lasciata abbracciare! Non per timore, né per compassione!

ROCCA.   Oh infame! Lo so, lo so che non vale nulla! — Ma io ti voglio! ti voglio!

DELIA. Qualunque male – e se m'uccidi — anche questo è male minore per me! Un altro delitto, la prigione, la morte stessa! Voglio restare a soffrire cosí!

ROCCA (*seguitando, ai due che lo trattengono*).   Non vale nulla; ma le dà prezzo, ora, tutto quello che ho sofferto per lei! Non è amore, è odio! è odio!

DELIA. Odio; sí! anche il mio! odio!

ROCCA.   È il sangue stesso che s'è versato per lei!

Con uno strappo violento, riuscendo a svincolarsi:

— Abbi pietà, abbi pietà...

E la inseguirà per la stanza.

DELIA (*sfuggendogli*).   No! no, sai! Guai a te!

DIEGO E FRANCESCO (*riafferrandolo*).   Perdio, si stia fermo! — Ha da fare con me!

DELIA. Guai a lui, se tenta di suscitarmi un po' di compassione per me stessa o per lui! Non ne ho! Se voi ne avete per lui, fate, fate che se ne vada!

ROCCA.   Come vuoi che me ne vada? Tu lo sai che s'è voluto affogare in quel sangue la mia vita per sempre!

DELIA. E tu non hai voluto salvare dal disonore il fratello della tua fidanzata?

ROCCA.   Infame! Non è vero! Sai che la mia e la tua sono due menzogne!

DELIA. Due menzogne, sí! due menzogne!

ROCCA.   Tu mi volesti, com'io ti volli, fin da quando ci vedemmo la prima volta!

DELIA. Sí, sí! per punirti.

ROCCA.   Anch'io, per punirti! Ma anche la tua vita, per sempre, s'è affogata in quel sangue!

DELIA. — sí, anche la mia! anche la mia! -

E accorrerà a lui come una fiamma, scostando quelli che lo trattengono:

— è vero! è vero!

ROCCA (*riabbracciandola subito, freneticamente*). E dunque bisogna ora che vi stiamo tuffati tutti e due insieme, aggrappati cosí! cosí! Non io solo — non tu sola — tutti e due insieme — cosí! cosí!

DIEGO. Durassero!

ROCCA (*portandosela via per la scalinata del giardino e lasciando quei due tra sbalorditi e atterriti*). Vieni, vieni via, vieni via con me...

FRANCESCO. Ma sono due pazzi!

DIEGO. Perché tu non ti vedi.

TELA

SECONDO INTERMEZZO CORALE

Di nuovo il sipario, appena abbassato alla fine del secondo atto, si rialzerà per mostrare la stessa parte del corridojo che conduce al palcoscenico. Ma questa volta il pubblico tarderà a uscire dalla sala del teatro. Nel corridojo gli usceri, qualche maschera, le donne dei palchi saranno in apprensione; perché sul finire dell'atto avranno visto la Moreno, invano trattenuta dai tre amici, attraversare di corsa il corridojo e precipitarsi sul palcoscenico. Ora verrà dalla sala un clamore di grida e d'applausi, che infurierà sempre più, sia perché gli attori evocati alla ribalta non si saranno ancora presentati a ringraziare il pubblico, sia perché strani urli e scomposti rumori si sentiranno attraverso il sipario sul palcoscenico, e più forti si sentiranno qua nel corridojo.

UNO DEGLI USCERI.   Che diavolo avviene?

UN ALTRO USCERE.   O non è una «prima»? Baccano al solito!

UNA MASCHERA.   Ma no, battono le mani e gli attori non vengono fuori!

UNA DONNA DEI PALCHI.   Ma gridano sul palcoscenico, non sentite?

SECONDO USCERE.   E strepitano anche in sala!

SECONDA DONNA DEI PALCHI. Che sia per quella signora passata or ora di qua?

IL PRIMO USCERE.   Sarà per lei! La trattenevano come un'indemoniata!

PRIMA DONNA DEI PALCHI.   È corsa su in palcoscenico!

IL PRIMO USCERE.   Voleva andare su anche alla fine del primo atto.

UNA TERZA DONNA DEI PALCHI.   Ma si scatena proprio l'inferno, sentite?

Due, tre uscioli dei palchi si apriranno contemporaneamente e ne verranno fuori alcuni spettatori costernati, mentre si sentirà púù forte il fragore della sala.

I SIGNORI DEI PALCHI (*venendo fuori e sporgendosi dagli uscioli*). —   Ma   sí,   è   proprio   sul palcoscenico!

— Che cos'è? Si bastonano?

— Urlano! urlano!

— E gli attori non vengono fuori!

Altri signori, signore, sempre più costernati, usciranno dai palchi sul corridojo, a guardare verso la porticina del palcoscenico in fondo. Subito dopo sarà un accorrere concitato di spettatori in gran numero da sinistra. Grideranno tutti: — «Che cos'è? Che cos'è? Che cosa avviene?». — Altri spettatori sboccheranno dall'entrata delle poltrone, da quella delle sedie, ansiosi, agitati.

VOCI CONFUSE.   — S'azzuffano sul palcoscenico! — Sí, ecco, sentite? — Sul palcoscenico? — Perché? perché? — E chi lo sa? — Mi lascino passare! — Che è accaduto? — Oh perdio, e dove siamo? — Che putiferio è questo? — Mi lascino passare! — Lo spettacolo è finito? — È il terz'atto? — Ci dev'essere il terz'atto! — Largo, largo! — Sí, alle quattro in punto. Addio! — Ma sentite che fracasso sul palcoscenico? — Insomma, io voglio andare al guardaroba! — Oh! oh! sentite? — Ma è uno scandalo! — Un'indecenza! — Ma perché tutto questo baccano? — Mah, pare che... — Non si capisce nulla! — Ma che diavolo! — Oh! oh! là in fondo! — Hanno aperto la porta! —

Si spalancherà in fondo la porticina del palcoscenico e subito s'avventeranno di là per un minuto le grida scomposte degli attori, delle attrici, del Capocomico, della Moreno e dei suoi tre amici, a cui faranno eco le grida degli spettatori che a mano a mano si saranno affollati davanti la porticina del palcoscenico, tra le proteste rabbiose di qualcuno che, seccato, indignato, vorrebbe rompere la calca per andarsene.

VOCI DAL PALCOSCENICO (*degli attori*).   — Via! via! — Cacciatela via! — Insolente! — Megera! — Svergognata! — Ne renderà conto! — Via! via!

della Moreno:

— È un'infamia! No! no!

del Capocomico:

— Vada fuori dai piedi!

d'uno degli amici:

— Ma infine è una donna!

della Moreno:

— Mi sono sentita rivoltare!

d'un altro degli amici:

— Bisogna aver rispetto per una donna!

degli attori:

— Ma che donna! — È venuta quassú ad aggredire! — Fuori! fuori!

delle attrici:

— Megera! Svergognata!

degli attori:

— Ringrazi Dio che è una donna! — Ha avuto quello che si meritava! — Via! via!

del Capocomico:

— Sgombrino di qua, perdio!

VOCI DEGLI SPETTATORI AFFOLLATI (*contemporaneamente, tra fischi e applausi*). — La Moreno! la Moreno! — Chi è la Moreno! — Hanno schiaffeggiato la prima attrice! — Chi? chi ha schiaffeggiato? — La Moreno! la Moreno! — E chi è la Moreno? — La prima attrice? — No, no, hanno schiaffeggiato l'Autore! — L'Autore? Schiaffeggiato? — Chi? Chi ha schiaffeggiato? — La Moreno! — No, la prima attrice! — L'autore ha schiaffeggiato la prima attrice? — No, no, al contrario! — La prima attrice ha schiaffeggiato l'Autore! — Ma nient'affatto! La Moreno ha schiaffeggiato la prima attrice!

VOCI DAL PALCOSCENICO.   — Basta! basta! — Vadano fuori! — Mascalzoni! — Spudorata! — Fuori! fuori! — Signori, facciano largo! — Lascino passare!

VOCI DEGLI SPETTATORI.   — Fuori i disturbatori! — Basta! basta! — Ma è proprio la Moreno? — Basta, fuori! — No, lo spettacolo deve seguitare! — Via i disturbatori! — Abbasso Pirandello! — No, viva Pirandello! — Abbasso, abbasso! — È lui il provocatore! — Basta! basta! — Lasciate passare! lasciate passare! — Largo! largo! —

La folla degli spettatori si aprirà per lasciar passare alcuni attori e alcune attrici e l'Amministratore della Compagnia e il Direttore del Teatro, che vorrebbero persuaderli a rimanere. Nella confusa agitazione di questo passaggio, la folla degli spettatori, che dapprima tacerà per ascoltare, romperà di tanto in tanto in qualche clamoroso commento.

IL DIRETTORE DEL TEATRO.   Ma per carità, abbiano prudenza! Vogliono mandare a monte lo spettacolo?

GLI ATTORI E LE ATTRICI (*contemporaneamente*).   —No, no! — Io me ne vado! — Ce ne andiamo via tutti! — Questo è troppo, perdio! — È una vergogna! — Per protesta! per protesta!

L'AMMINISTRATORE DELLA COMPAGNIA.   Ma che protesta! Contro chi protestano loro?

UNO DEGLI ATTORI.   Contro l'Autore! E giustamente!

UN ALTRO.   E contro il Direttore che ha accettato di rappresentare una simile commedia!

IL DIRETTORE DEL TEATRO.   Ma loro non possono protestare cosí, andandosene e lasciando a mezzo lo spettacolo! Questa è anarchia!

VOCI DEGLI SPETTATORI IN CONTRASTO.   Benissimo! — Benissimo! — Ma chi sono? — Gli attori del teatro, non vedi? — No, nient'affatto! — Hanno ragione! hanno ragione!

GLI ATTORI (*contemporaneamente*). Sí, sí che possiamo!

IL CARATTERISTA.   Quando ci si obbliga a recitare una commedia a chiave!

VOCI DI ALCUNI SPETTATORI IGNARI. — A chiave? — Dove? perché a chiave? — Una commedia a chiave?

GLI ATTORI.   Sissignori! sissignori!

VOCI DI ALTRI SPETTATORI CHE SANNO.   — Ma sí! — S'è saputo! — È uno scandalo! — Lo sanno tutti! — Il caso della Moreno! — È qua; l'hanno vista in teatro! — È corsa sul palcoscenico! — Ha schiaffeggiato la prima attrice!

GLI SPETTATORI IGNARI E I FAVOREVOLI (*contemporaneamente e in gran confusione*).   —   Ma nessuno se n'è accorto! — La commedia è piaciuta! — Vogliamo il terz'atto! — Ne abbiamo il diritto! — Benissimo! Benissimo! — C'è il diritto del pubblico che ha pagato!

UNO DEGLI ATTORI.   Ma abbiamo anche noi diritto al nostro rispetto!

UN ALTRO.   E ce n'andiamo! Io, per me, me ne vado!

LA CARATTERISTA.   La prima attrice del resto se n'è già andata!

VOCI DI ALCUNI SPETTATORI. — Se n'è andata? — Come? Per dove? — Dalla porta del palcoscenico?

LA CARATTERISTA.   Perché una spettatrice è andata ad aggredirla sul palcoscenico!

VOCI DEGLI SPETTATORI IN CONTRASTO.   — Ad aggredirla? — Sissignori! La Moreno! — E aveva ragione! — Ma chi? chi? — La Moreno! — E perché l'ha aggredita? — La prima attrice?

UNO DEGLI ATTORI.   Perché s'è riconosciuta nel personaggio della commedia!

UN ALTRO ATTORE.   E ha creduto che noi fossimo complici dell'Autore nella diffamazione!

LA CARATTERISTA.   Dica ora il pubblico se dev'esser questo il premio delle nostre fatiche!

IL BARONE NUTI (*trattenuto come nel primo intermezzo da due amici, piú che mai stravolto e convulso, facendosi avanti*).   È vero! È un'infamia inaudita! E loro hanno tutto il diritto di ribellarsi!

UNO DEGLI AMICI.   Non ti comprometter! Andiamo! Andiamo!

IL BARONE NUTI.   Una vera iniquità, signori! — Due cuori alla gogna! Due cuori che sanguinano ancora, messi alla gogna!

IL DIRETTORE DEL TEATRO (*disperato*).   Lo spettacolo ora passa dal palcoscenico sul corridojo!

VOCI DEGLI SPETTATORI CONTRARI ALL'AUTORE.   — Ha ragione! ha ragione! — Sono infamie! — Non è lecito! — La ribellione è legittima! – È una diffamazione!

VOCI DEGLI SPETTATORI FAVOREVOLI.   Ma che! ma che! — Non vogliamo saperne! — Dov'è la calunnia? — Nessuna diffamazione! —

IL DIRETTORE DEL TEATRO.   Ma, signori miei, siamo in teatro o siamo in piazza?

IL BARONE NUTI (*afferrando per il petto uno degli spettatori favorevoli, mentre tutti, quasi atterriti dal suo furore e dal suo aspetto, tacciono sospesi*).   — Lei dice che è lecito far questo? Prendere me, vivo, e portarmi sulla scena? Farmi vedere là, col mio strazio vivo, davanti a tutti, a dir parole che non ho mai dette? a compir atti che non ho mai pensato di compiere?

Dal fondo, davanti alla porticina del palcoscenico, nel silenzio sopravvenuto, spiccheranno come in risposta le parole che or ora dirà il Capocomico alla Moreno, trascinata via, piangente, in disordine e quasi svenuta, dai suoi tre accompagnatori. Subito, alle prime parole, tutti si volteranno verso il fondo, facendo largo, e il Nuti lascerà lo spettatore investito, voltandosi anche lui e domandando: — «Che cos'è?» —

IL CAPOCOMICO.   Ma lei ha potuto veder bene che né l'Autore né l'attrice l'hanno mai conosciuta!

LA MORENO. La mia stessa voce! I miei gesti! tutti i miei gesti! Mi sono vista! mi sono vista là!

IL CAPOCOMICO.   Ma perché ha voluto riconoscersi!

LA MORENO. No! no! non è vero! Perché è stato anzi l'orrore, l'orrore di vedermi rappresentata lí in quell'atto! Ma come? io, io abbracciare quell'uomo?

*Scorgerà il Nuti all'improvviso quasi davanti a sé e getterà un grido levando le braccia per nascondere
la faccia:*

Ah Dio, eccolo là! eccolo là!

IL BARONE NUTI.   Amelia, Amelia…

Commovimento generale degli spettatori che quasi non crederanno ai loro occhi nel ritrovarsi davanti, vivi, gli stessi personaggi e la stessa scena, veduti alla fine del secondo atto, e lo significheranno, oltre che con l'espressione del volto, con brevi, sommessi commenti, e qualche esclamazione.

VOCI DEGLI SPETTATORI.   — Oh guarda! — Eccoli lí! — Oh! oh! — Tutti e due! — Rifanno la scena! — Guarda! guarda! —

LA MORENO (*smaniando ai suoi accompagnatori*). Levatemelo davanti! Levatemelo davanti!

GLI ACCOMPAGNATORI. Sí, andiamo! andiamo!

IL BARONE NUTI (*lanciandosi su di lei*). No, no! tu devi venire con me! con me!

LA MORENO (*divincolandosi*). No! Lasciami! lasciami! Assassino!

IL BARONE NUTI. Non ripetere quello che t'hanno fatto dire lassú!

LA MORENO. Lasciami! Non ho paura di te!

IL BARONE NUTI. Ma è vero, è vero che dobbiamo punirci insieme! Non hai sentito? Ormai lo sanno tutti! Vieni via! vieni!

LA MORENO. No, lasciami! Maledetto! Ti odio!

IL BARONE NUTI. Siamo affogati, affogati veramente nello stesso sangue! Vieni! vieni!

E la trascinerà via, scomparendo da sinistra, seguito da gran parte degli spettatori, tra rumorosi commenti: — «Oh oh! — Non par vero! — È incredibile! — Spaventoso! — Ma guardali lí! — Delia Morello e Michele Rocca!» — Gli altri spettatori, rimasti nel corridojo in buon numero, li seguiranno con gli occhi, facendo su per giú gli stessi commenti.

UNO SPETTATORE SCIOCCO. E dire che si sono ribellati! Ribellati; e poi hanno fatto come nella commedia!

IL CAPOCOMICO. Già! Ha avuto il coraggio di venirmi ad aggredire la prima attrice in palcoscenico! — «Io, abbracciare quell'uomo?»

MOLTI. È incredibile! È incredibile!

UNO SPETTATORE INTELLIGENTE. Ma no, signori: naturalissimo! Si sono visti come in uno specchio e si sono ribellati, soprattutto a quel loro ultimo gesto!

IL CAPOCOMICO. Ma se hanno ripetuto appunto quel gesto!

LO SPETTATORE INTELLIGENTE. Appunto! Giustissimo! Hanno fatto per forza sotto i nostri occhi, senza volerlo, quello che l'arte aveva preveduto!

*Gli spettatori approveranno, qualcuno applaudirà,
altri rideranno.*

L'ATTORE BRILLANTE (*che sarà venuto avanti dalla porticina del palcoscenico*). Non ci creda, signore. Quei due là? Guardi: sono l'attore brillante che ha rappresentato, convintissimo, la parte di Diego Cinci nella commedia. Appena usciti dalla porta, quei due là... — Lor signori non hanno veduto il terzo atto.

GLI SPETTATORI. — Ah, già! — Il terzo atto! — Che avveniva nel terzo atto? — Ci dica! Ci dica!

L'ATTORE BRILLANTE. Eh, cose, cose, signori... E dopo... — dopo il terzo atto... cose! cose!

IL DIRETTORE DEL TEATRO. Ma, signor Direttore, scusi, le pare che si possa tenere qua il pubblico a comizio?

IL CAPOCOMICO. E che vuole da me? Faccia sgombrare!

L'AMMINISTRATORE. Tanto, lo spettacolo non può piú seguitare: gli attori se ne sono andati.

IL CAPOCOMICO. E dunque, si rivolge a me? Faccia mettere un avviso: e mandi via la gente.

IL DIRETTORE DEL TEATRO.   Ma sarà rimasto pubblico in teatro!

IL CAPOCOMICO.   E va bene! Per il pubblico rimasto in teatro, m'affaccerò io adesso dal sipario a licenziarlo con due parole!

IL DIRETTORE DEL TEATRO.   Sí, sí, vada, vada allora, signor Direttore!

E mentre il Capocomico s'avvierà verso la porticina del palcoscenico:

Via, via, signori, sgombrino, sgombrino per piacere: lo spettacolo è terminato.

Cala la tela e, appena calata, il Capocomico ne scosterà una banda per presentarsi alla ribalta.

IL CAPOCOMICO.   Sono dolente d'annunziare al pubblico che per gli spiacevoli incidenti accaduti alla fine del secondo atto, la rappresentazione del terzo non potrà piú aver luogo.

FINE